Inès Bayard

STEGLITZ

Roman

Aus dem Französischen von
Theresa Benkert

Paul Zsolnay Verlag

Die Originalausgabe erschien erstmals 2022 unter dem
Titel *Steglitz* bei Albin Michel in Paris.

Die Arbeit der Übersetzerin am vorliegenden Text wurde
vom Deutschen Übersetzerfonds gefördert.

Die Herausgabe dieses Werks wurde vom Publikations-
förderprogramm des Institut français unterstützt.

1. Auflage 2023
ISBN 978-3-552-07359-3
© Éditions Albin Michel, 2022
Alle Rechte der deutschsprachigen Ausgabe
© 2023 Paul Zsolnay Verlag Ges. m. b. H., Wien
Satz: Nadine Clemens, München
Autorinnenfoto: © Deborah Morier
Umschlag: Anzinger und Rasp, München
Motiv: Red reflection in a black grand piano
by painter © Hervé Martijn
Druck und Bindung: CPI books GmbH, Leck
Printed in Germany

MIX
Papier | Fördert
gute Waldnutzung
FSC
www.fsc.org   FSC® C083411

STEGLITZ

1

LENI MÜLLER LEBTE mit ihrem Mann Ivan Müller im obersten Stock eines Wohnhauses in der Markelstraße. Als Leni an diesem Morgen die Schlafzimmervorhänge aufzog, freute sie sich über den Schnee. Ein weißer, tiefhängender Himmel. Der Dezember in Berlin hatte gerade erst begonnen. Die Leute hatten schon den Weihnachtsschmuck an ihren Balkonen aufgehängt. Unten an der Straße klaubten die Schulkinder den Pulverschnee von den Windschutzscheiben der Autos, formten große Bälle und bewarfen ihre Eltern damit. Das Gelächter hallte durch die Fenster der Wohnung.

Leni stand immer später auf als ihr Mann, gegen acht Uhr. Sie kochte Kaffee und brachte ihm eine Tasse ins Wohnzimmer, während er die *Welt* las. Er saß aufrecht im Sessel und blätterte verärgert die Seiten um. Wenn ihn seine Gattin fragte, worüber er sich so aufregte, erwiderte er schroff: »Die Welt ärgert mich.« Mehr sagte er nie. Im Übrigen unterhielten sich die Eheleute im Laufe des Tages ohnehin nur sehr selten und auch abends kaum mehr. Ivan dachte, dass es so am besten sei. Er wiederholte gern, dass Schweigen immer besser sei als unnötige Worte, mit denen es die meisten Paare übertrieben. Leni machte das gar nichts aus, ganz im Gegenteil. Sie schätzte es umso mehr, sich zu äußern, wenn sie es für unumgänglich hielt.

Der Stadtteil Steglitz, in dem sich die Wohnung befand, hatte einige Besonderheiten zu bieten. Auf der einen Seite gab es die Schloßstraße, eine vielbesuchte Einkaufsmeile. Hunderte Geschäfte und drei Einkaufszentren nahmen jeden Tag die dichtgedrängte Menschenmenge auf, die vom Walther-Schreiber-Platz zur U-Bahn-Station Rathaus Steglitz strömte. Man musste jedoch nur von der Schloßstraße rechts oder links in die erstbeste Straße einbiegen, schon fand man sich in einem ruhigen, unauffälligen Wohnviertel wieder. Die Büroräume in der Französischen Straße, in denen Lenis Mann arbeitete, waren wegen Renovierungsarbeiten geschlossen. In den letzten Monaten hatte Ivan Müller seinen Beruf als Architekt in einem Zimmer der Wohnung ausgeübt, in dem er auch seine Modelle zu entwerfen pflegte. Gegen zehn Uhr morgens setzte er sich an die Arbeit, während Leni hinunterging und sich um die Pflanzen im Vorgarten ihres Hauses kümmerte. Wenn die Nachbarn sie dort hocken sahen, die Hände voller gefrorener Erde, blieben sie stehen und erteilten ihr Ratschläge. »Wie kommen Sie denn darauf, bei diesem Schnee im Garten zu arbeiten!«, brachte einer vor, während er sich vor dem Drahtzaun hinpflanzte. »Mit diesen Handschuhen kommen Sie aber nicht weit!«, sagte ein anderer. Leni reagierte immer mit einem freundlichen Nicken, ließ sich aber nie auf eine Diskussion ein. Also gingen sie wieder und wünschten ihr einen schönen Tag, zufrieden oder manchmal auch verärgert über ihr Schweigen, das man für Herablassung hätte halten können. So verging der Vormittag. Später, nachdem sie sich gewaschen hatte, blieb Leni im Wohnzimmer. Sie saß am großen weißen Fenster und sah zu, wie der Schnee ihre Balkonblumen bestäubte.

Das Telefon im Flur klingelte schon seit ein paar Minuten.

Die Anrufe waren nie für sie, und ihr Mann nahm den Hörer nur ab, wenn er Lust dazu hatte. Auf dem Couchtisch lagen noch die zerknüllten Blätter der *Welt*. Sie beäugte von weitem die erste Seite, als hätte sie Angst, sich ihr zu stellen. Es war die Fotografie eines Kinds. Gekleidet in einen roten Wollpullover, das Gesicht vom Weinen verzerrt, hielt es den Kopf in den Händen, als würde er sich jeden Moment vom Körper lösen. Hinter ihm war ein älteres Kind im Profil zu sehen, das ebenfalls weinte. Dahinter wiederum trug ein Mann im schwarzen Ledermantel ein drittes Kind auf dem Arm. Alle vier sahen aus, als wollten sie einer Gefahr entfliehen, einem Krieg wahrscheinlich. Leni starrte das Bild einen Moment lang an, dann senkte sie den Blick auf ihre Uhr. Halb eins. Sie ging durch das Wohnzimmer in die Küche und holte die Einkaufstasche aus der Abstellkammer. Als sie an Ivans Arbeitszimmer vorbeikam, hörte sie ihn am Telefon sprechen.

Leni ging für gewöhnlich zum Einkaufszentrum Boulevard Berlin, das einige Meter von der U-Bahn-Station Schloßstraße der Linie U9 entfernt war. Um zum Eingang von Karstadt zu kommen, musste sie nur der Straße folgen. Eingemummelt in ihren Mantel trat sie vor die Tür. Es schneite nicht mehr. Die Gehwege waren jetzt mit schwarzem Matsch bedeckt, der an den Schuhsohlen klebte und nach brackigem Wasser roch. Von ihrem Haus aus sah sie schon die vor Menschen wimmelnde Straße. Sie ging am dekorierten Schaufenster eines Luftballongeschäfts vorbei, und als sie die Kreuzung an der Schloßstraße erreichte, schlug ihr der würzige Geruch vom Schloss-Döner entgegen. Im Kaufhaus dann durchquerte sie die Kosmetik- und Schmuckwarenabteilung, wo sie von einem Mann im Anzug angerempelt wurde, der es nicht einmal bemerkte, bis sie endlich die Ladengalerie erreichte. Die wabenförmige Decke mit den großen Glasscheiben schien kein Licht durchzulassen. Die Dekoration und die Neonlichter reichten aus, um das Tageslicht zu ersetzen. Leni steuerte auf den Supermarkt zu, der eine Etage tiefer lag und in dem sie jedes Regal wie ihre Westentasche kannte. An der Kasse murmelte sie einen kurzen Gruß, verstaute ihre Einkäufe in der Tasche, zahlte, nahm den Beleg entgegen und wünschte der Kassiererin im Gehen einen schönen Tag. Zufrieden ging sie auf direktem Weg nach Hause.

Als sie die Tür öffnete, hörte sie Stimmen. Mitten im Wohnzimmer stand Ivan im Gespräch mit einem anderen Mann, der ein Notizbuch in der Hand hielt. Er war um die fünfzig, und oben auf seinem Schädel zeigte sich eine Glatze, die notdürftig von ein paar spärlichen graumelierten Haaren verdeckt wurde. Ein dicker schwarzer Parka verlieh seiner Gestalt seltsame Proportionen. Durch seine schwarze Hose erahnte man die mageren Beine, die aussahen, als wären sie bis auf die Knochen abgehobelt. Als Leni das Zimmer betrat, wandte der Mann sich sofort zu ihr um und musterte sie schweigend. Dann drehte sich auch Ivan um.

»Meine Frau, Leni«, sagte er, bevor er seine vorherige Haltung wieder einnahm.

»Guten Tag«, grüßte sie der Mann herzlich, wobei er die Lippen kräuselte.

Leni nickte, ohne ihm in die Augen zu sehen. Als sie im Begriff war, das Wohnzimmer zu verlassen, rief der Mann sie zurück und ging einige Schritte auf sie zu.

»Polizeioberkommissar Ziegler«, sagte er und hielt ihr seine Dienstmarke hin.

Leni starrte besorgt ihren Mann an.

»Machen Sie sich keine Sorgen«, fügte Ziegler lächelnd hinzu. »Es handelt sich nur um eine Anwohnerbefragung.«

»Meine Frau ist nicht besonders redselig, Herr Oberkommissar«, erklärte Ivan.

»Verstehe«, erwiderte dieser. »Aber vielleicht hat sie ja gestern Abend etwas gehört?«

»Wenn das der Fall wäre, hätte sie mir davon erzählt, das kann ich Ihnen versichern.«

Ziegler ließ Leni nicht aus den Augen. Sie schwieg weiterhin, dann fragte sie ihren Ehemann, ob sie sich in die Küche zurückziehen könne, worin er einwilligte. Der Oberkommissar sah ihr eine Weile hinterher, dann wandte er sich wieder Ivan zu.

»In der Tat, nicht sehr redselig …«

»Haben Sie noch weitere Fragen?«, erkundigte sich Ivan.

»Im Augenblick nicht. Wenn Ihnen noch etwas einfallen sollte, haben Sie ja meine Nummer.«

»Ich begleite Sie noch zur Tür.«

»Machen Sie sich nur keine Umstände.«

Die beiden Männer gaben sich die Hand, und Ivan Müller kehrte in sein Arbeitszimmer zurück. Der Oberkommissar durchquerte das Wohnzimmer und trat in den Gang, hielt jedoch abrupt inne, als er vom anderen Ende her leise Lenis Stimme hörte. Es klang wie ein Summen. Vorsichtig warf Ziegler einen flüchtigen Blick ins Wohnzimmer, um sicherzugehen, dass er nicht beobachtet wurde, dann ging er aufmerksam lauschend den Gang hinunter. Auf der Schwelle zur Küche sah er Leni, die mit dem Rücken zu ihm stand und damit beschäftigt war, Gemüse zu schneiden. Neben ihr spielte ein altes Radio eine klassische Sinfonie, deren Melodie sie gut zu kennen schien. Ziegler tat so, als räusperte er sich, damit sie sich umdrehte, aber vergeblich. Leni verharrte in derselben Position. Von der Tür aus konnte er jedoch sehen, wie sie nach links schielte, um sich seiner Anwesenheit zu versichern.

»Schöne Musik«, bemerkte Ziegler. »Was ist das?«

»Schubert.«

Ziegler ging ein paar Schritte auf sie zu.

»Ihr Mann sagt, dass Sie nicht so gern reden, stimmt das?«

»Ja«, sagte Leni, während sie sich weiter ihrer Tätigkeit widmete.

»Dann will ich Sie nicht lange aufhalten«, sagte Ziegler und ging hinter ihr vorbei. »Wie war noch gleich Ihr Name?«

»Leni Müller.«

»Leni Müller«, murmelte er, bevor er einen ernsteren Ton anschlug. »Haben Sie letzte Nacht verdächtige Geräusche gehört, Leni?«

»Was denn für Geräusche?«

»Schüsse zum Beispiel.«

Er zog ein Notizbuch und einen Stift aus der Tasche seines Parkas und kritzelte ein paar Wörter hinein.

»Nein«, sagte Leni.

»Das ist ein ruhiges Viertel hier, oder?«

»Ja, sehr ruhig.«

»Wie lange wohnen Sie und Ihr Mann schon hier?«

»Das weiß ich nicht.«

Ziegler hielt einen Moment inne.

»Das wissen Sie nicht?«

»Nein.«

»Verzeihen Sie, aber was machen Sie?«

»Eine Suppe.«

»Ich meine, beruflich?«

»Nein.«

»Nein? Was soll das heißen, nein?«

Da erschien Ivan auf der Bildfläche. Mit verschränkten Armen beobachtete er die Szene, ohne sich zu bewegen.

»Sie sind noch da, Herr Oberkommissar?«

»Stellen Sie sich vor, ich habe mich mit Ihrer Frau unterhalten.«

»Ich habe Ihnen doch schon gesagt, meine Frau ist nicht sehr …«

»Redselig?«, unterbrach er ihn.

Ivan Müller verrutschte allmählich sein Lächeln.

»Ich geh dann mal«, sagte Ziegler und verstaute sein Notizbuch in der Jackentasche.

»Diesmal begleite ich Sie aber hinaus«, sagte Ivan.

Die beiden Männer taxierten einander kurz, dann verließ Ziegler die Küche und nickte Leni zum Abschied zu.

Leni und ihr Mann aßen am großen Wohnzimmertisch zu Mittag. Ivan tippte auf seinem Handy, während seine Frau den Schnee beobachtete, der hinter den hohen Fenstern zu Boden fiel. Nach einigen schweigsamen Minuten verkündete Ivan, dass man ihm heute frühmorgens eine Sprachnachricht hinterlassen habe. Er sei mit einem Ehrenpreis für sein Lebenswerk ausgezeichnet worden. Wenn ihn die Neuigkeit auch mit einem gewissen Stolz erfüllte, zeigte er sich dennoch nicht im Geringsten überrascht. »Mit der Baustelle in Prora war das ja zu erwarten«, sagte er. Leni blieb keine Zeit, ihrem Mann zu gratulieren, da er einen Anruf entgegennehmen musste und sich wieder in sein Arbeitszimmer zurückzog.

Nachdem der Tisch abgeräumt war, verspürte Leni das Bedürfnis, sich auszuruhen. Sie legte sich aufs Bett und dachte, dass sie diesen Mann, der sich mit dem Namen Ziegler vorgestellt hatte, schon einmal gesehen habe. War es dieses Jahr gewesen? Oder vielleicht sogar erst gestern? Das konnte sie nicht sagen. Sie sah jeden Tag so viele Menschen auf der Straße vorbeigehen. Wahrscheinlich war es in einer Warteschlange. Bei der Post oder im Supermarkt. So viele Orte kommen nun auch wieder nicht infrage, mein Bewegungsradius ist recht eingeschränkt, dachte sie. Manchmal frage ich mich, ob ich überhaupt schon jemals dieses Zimmer verlassen habe. Die Gedanken drehten sich in ihrem Kopf wie in einer langen Schleife. Durch das viele Grübeln übermannte sie schließlich der Schlaf.

Als sie aufwachte, war die Sonne schon untergegangen. Im Zimmer war es fast dunkel, obwohl das Nachtlicht über dem Bett noch brannte. Leni richtete ihr Kleid und bürstete sich rasch die Haare, dann ging sie hinüber ins Wohnzimmer. Die große Wanduhr zeigte Viertel nach vier, und Ivan Müller war immer noch in seinem Arbeitszimmer. Leni wollte die Zeit nutzen, die ihr bis zur Zubereitung des Abendessens blieb. Sie leerte den Korb mit der Schmutzwäsche, stellte eine Maschine an und klappte für später in einer Ecke des Trockenraums den Wäscheständer auseinander. Ihr fiel wieder ein, dass sie noch nicht dazu gekommen war, ein paar Hemdknöpfe ihres Mannes wieder anzunähen, worüber er sich am Vorabend beschwert hatte. An ihrem mit Stoffresten bedeckten Nähtisch holte sie eine kleine rostige Blechbüchse hervor und stülpte sich einen Fingerhut über. Während dieser Verrichtungen dachte Leni an nichts. Die Nadel stach in den Stoff, trat in der Falte wieder hervor und stach zwei Millimeter weiter erneut ein, bis der Knopf festsaß. Danach räumte sie die Hemden in den Kleiderschrank und kehrte ins Wohnzimmer zurück. Eine Stunde war vergangen. Im Winter hatte Ivan die schlechte Angewohnheit, die Heizung auf über 25 Grad hochzudrehen, sodass man kaum noch Luft bekam. Da ihr an Brust und Stirn Schweißtropfen herunterliefen, flüchtete sie einen Augenblick auf den Balkon, um ein bisschen frische Luft zu schnappen. Von der Schloßstraße heulte das Martinshorn eines Krankenwagens zu ihr herüber. Sie zündete sich die halbe Zigarette an, die sie auf dem Rand des Aschenbechers liegen lassen hatte, und schloss die Balkontüren hinter sich. Der erste Zug verschaffte ihr immer ein angenehmes Gefühl der Erleichterung und einer gewissen Benommenheit. Sie wusste zwar, dass die folgenden Züge nicht dieselbe Wirkung haben würden, aber sie gab sich damit zufrieden, genauso wie mit allem anderen. Ein Halbmond schimmerte über den roten Dächern. Wie immer war auf den Balkonen der Nachbarhäuser kein Mensch zu sehen. Sommers wie winters blieben die Leute hier lieber drinnen. Leni sah zu, wie der Tabakrauch über die Straße zog, bis er sich langsam über den kahlen Baumästen des Viertels verflüchtigte. Sie stand auf, um ihre Kippe auszudrücken, und warf einen Blick hinunter auf die Straße. Einige Passanten kehrten mit großen Tüten beladen zu ihren Fahrrädern zurück. Als sie gerade wieder hineingehen wollte, bemerkte Leni Zieglers Gestalt, die an einem Baumstamm gegenüber dem Scherzartikelladen lehnte. Er schien auf jemanden zu warten. Neugierig geworden, trat sie etwas vom Geländer zurück, um ihn zu beobachten, ohne dass er sie bemerken konnte. Kurz darauf stieß ein zweiter Mann zu ihm, der vor ihm stehenblieb und ihm die Hand schüttelte. Sein Gesicht wurde von einem braunen Schal und dem Kragen eines schwarzen Mantels verdeckt. Aus dieser Entfernung erschwerten die Dunkelheit und das schwache Licht der Straßenlaternen die Sicht. Nur die Oberseite seines Schädels wurde von einem gelben Lichtkreis erhellt. Die beiden Männer wechselten ein paar Worte, fast wie zwei Gangster, die gerade einen Coup planen. Schließlich gingen sie wieder getrennte Wege. Während der Unbekannte in die Schloßstraße aufbrach, bewegte sich Ziegler in Richtung Hackerstraße, aber plötzlich blieb er stehen, als wäre ihm etwas Wichtiges eingefallen. Leni hatte keine Zeit, den Balkon zu verlassen, da kreuzten sich ihre Blicke schon. Er hat mich gesehen, dachte sie und duckte sich weg. Vor Schreck traute sie sich nicht, wieder aufzustehen, und als sie schließlich den Kopf zu heben wagte, war Ziegler verschwunden.

Ivan Müller las für gewöhnlich während des Abendessens Zeitung. Er bemerkte nicht, dass seine Frau etwas bedrückte. Sie stellte sich immer wieder dieselben Fragen: Wer war dieser Ziegler? Welches Ziel verfolgte er mit seiner Befragung? Er hatte von Schüssen gesprochen, aber sie hatte nichts gehört.

»Hattest du einen schönen Tag?«, fragte ihr Mann, ohne von der Zeitung aufzusehen.

»Ja, sehr schön«, antwortete Leni mit gespielt heiterer Stimme.

Damit gab sich Ivan zufrieden. Das Telefon im Eingangsbereich klingelte. Er stand vom Tisch auf, um abzuheben, und kurz darauf informierte er Leni, dass er den Anruf in seinem Arbeitszimmer entgegennehmen würde.

Leni räumte den Küchentisch ab, stellte die Spülmaschine an und ging zurück ins Wohnzimmer. Wieder allein, gab sie sich ihren Gedanken hin. Die Tage verstrichen und glichen sich. Still brach die Nacht herein. Dass die Zeit ohne Aufregungen und Überraschungen verging, genau das machte sie glücklich. Dabei wusste sie, dass sich diese alltägliche, endlose Abfolge für manch einen als die härteste aller Strafen erweisen würde. Sie hätte gern ewig den Blick auf einen einzigen Punkt gerichtet. Nadel und Faden waren hierfür die vollkommene Verkörperung. Mach, dass morgen ein Tag wie jeder andere ist, betete sie. Ich werde morgens die Augen öffnen und sie abends mit demselben Gefühl der Erfüllung wieder schließen. In der Zwischenzeit passiert hoffentlich gar nichts.

Ivan Müller wartete darauf, dass seine Frau ins Bett kam. Er setzte die Brille ab und legte sein Buch weg. Leni stellte immer ein Glas Wasser auf den Nachttisch. Sorgfältig strich sie das Laken glatt, bevor sie ins Bett schlüpfte, dann schaltete ihr Mann für gewöhnlich das Licht aus, küsste seine Frau in den Nacken und wünschte ihr eine gute Nacht. Doch an diesem Abend wich er von seiner Routine ab. Und dieser unerwartete Vorstoß löste Panik in ihr aus. Er fuhr mit den Händen unter Lenis Nachthemd, packte ihre Brust und ließ die Hand zu ihrem Unterleib hinunterwandern. Als sie sich abwenden wollte, spürte sie, wie sein ganzes Gewicht gegen ihre Schenkel prallte, mit der Wucht eines Felsbrockens, der von einem Gipfel herabstürzt. Ivan hechelte ihr ins Ohr und raunte ihr Wortfetzen zu, deren Sinn Leni nicht verstand. Draußen fiel der Schnee nun wie Puderzucker. Sie stellte sich die Kuppel der romanischen Kirche St. Marien vor und ihre mit weißem Pulver überzogenen Stufen. An der Ecke Laubacher Straße würden im Fränky's die ersten Gäste aufkreuzen. Zwischen ihnen bewegte sich Zieglers hagere Gestalt wie ein unheimlicher Schatten. Während er den Ort inspizierte, kritzelte er ein paar Notizen in sein Buch. Wonach suchte er? Ivan stieß ein lautes Röcheln aus und ließ sich zurück auf die andere Bettseite fallen. Er schien fertig zu sein. Leni zog schweigend ihre Unterhose wieder hoch. Die Eheleute wünschten sich eine gute Nacht, und Ivan küsste seine Frau in den Nacken. Noch ist nicht alles verloren, dachte Leni.

2

AM NÄCHSTEN MORGEN war Ivan Müller schlecht gelaunt aufgewacht. Als er den Briefkasten öffnete, um seine Zeitung zu holen, fand er ihn leer vor. Leni bereitete in der Küche gerade das Frühstück zu. Ihr Mann drängte sie, ihm die *Welt* beim Zeitungshändler unten an der Straße zu kaufen, aber sie fühlte sich nicht gut. Die Nacht war ihr unendlich lange vorgekommen. Wie ein Tier, das aus seinem Bau vertrieben worden war, hatte sie pausenlos vor Angst gezittert. Mit weit aufgerissenen Augen hatte sie gesehen, wie sich an den Wänden schlangenartige Schatten wie lange Messerklingen erhoben, auf der Suche nach einem Punkt, an dem sie zustechen konnten. Gegen fünf Uhr morgens war sie vor Erschöpfung für ein paar Minuten eingeschlafen, bevor das Fieber ihren Zustand noch verschlimmerte. Kurz vor Tagesanbruch hatte sie sich auf den Balkon gesetzt und eine Zigarette geraucht. Der von der Nacht verlassene Himmel hatte sich in ein helleres Blau verfärbt. Man hörte das Zwitschern der Vögel, die sich im Geäst der Baumgruppen versteckten, und die Motorengeräusche der ersten Lieferwagen, die mit eingeschalteten Scheinwerfern Richtung Schloßstraße fuhren. Die frische Luft hatte ihr wieder etwas Energie verliehen, aber weiterhin quälte ein Gefühl der Bedrohung ihre Nerven. Sie hatte sich nicht getraut, nachzusehen, ob

Ziegler da war, weil sie lieber im Zweifel verharrte, als sich einer unkontrollierbaren Realität zu stellen.

Ivan Müller nahm zehn Euro aus seiner Brieftasche und gab sie Leni, damit sie ihm seine Zeitung und Zigarillos kaufte. Außerstande, ihrem Mann irgendeinen Wunsch abzuschlagen, zog sie ihren Mantel über und ging nach draußen.

Auf der Terrasse vor dem Laden trank ein alter Mann Kaffee. Leni ging zum Verkaufsständer und nahm sich eine Zeitung. Als sie eintreten wollte, um zu zahlen, sprach der Mann sie an. Ohne von ihren Gewohnheiten abzuweichen, nickte sie lächelnd und schlüpfte in den Laden. Als sie die Tür öffnete, schlug ihr ein Schwall warmer Luft entgegen, der sie wie eine zärtliche Umarmung einhüllte. Ganz benommen von der Feuchtigkeit, verschwamm ihre Sicht ein wenig. Sie fragte nach einer Packung Moods, während sie gleichzeitig die Zeitung auf den Ladentisch und das Geld auf den Zahlteller legte. Der Verkäufer kannte sie gut, und genau wie sie ließ er sich nicht gern ohne triftigen Grund auf ein Gespräch ein. Das schätzte Leni an ihm. Sie nahm ihre Einkäufe, und plötzlich, als sie gerade hinausgehen wollte, rief der Mann ihr noch etwas hinterher. Allerdings nicht den üblichen Gruß. Sondern etwas anderes, eine merkwürdige Erweiterung seines Satzes. Lenis Herz schlug heftiger. Sie drehte sich mit flehendem Blick zu ihm um. Er wiederholte mehrmals denselben Satz, der durch den ansteigenden Tonfall definitiv wie eine Frage wirkte. Da Leni weiter schwieg, bekam die sanfte Stimme des Verkäufers einen immer herrischeren Klang, bis er seine Beschimpfungen anscheinend nicht mehr mäßigen konnte. Sein Gesichtsausdruck veränderte sich, ein heftiger Wutanfall kündigte sich an. Leni stammelte ein paar Worte in der Hoffnung, die Lage zu beruhigen, erzielte damit aber genau den gegenteiligen Effekt. Der Mann wurde nur noch wütender. Diesmal trat er hinter dem Ladentisch hervor, ging um die Süßwarenauslage herum und ein paar Schritte auf sie zu. Panisch wich Leni zurück, bis sie mit dem Rücken an den Kühlschrank mit dem Bier stieß. Dort konnte sie sich nicht mehr bewegen. In diesem Moment kam ein Kunde herein. Beim Anblick der Szene trat er sofort wieder hinaus, und die Ladenglocke an der Tür läutete erneut. Der Verkäufer war nur noch wenige Zentimeter von Lenis Gesicht entfernt und schrie sie weiter an. Sie presste sich die Hände auf die Ohren und flehte ihn an, diesen furchtbaren Wortschwall zu stoppen. Eine tiefe Stimme hallte durch den Raum:

»Gibt es ein Problem?«

Der Verkäufer verstummte. Ein zweiter Mann in einem langen schwarzen Mantel wartete auf der Türschwelle. Leni stand völlig ermattet da und lehnte sich reglos an die Scheibe des Kühlschranks.

»Das geht dich nichts an«, sagte der Verkäufer.

Mit einer Hand schlug der Mann beiläufig einen Zipfel seines Mantels zur Seite und enthüllte den Kolben einer Schusswaffe, die in seinem Hosenbund steckte.

»Schon gut, nun mach mal halblang«, sagte der Verkäufer und kehrte eilfertig hinter den Ladentisch zurück.

Der Mann folgte ihm mit dem Blick.

»Schon gut, ja? Dann erklär mir doch mal, warum das für mich gar nicht danach aussieht«, entgegnete er, ohne ihn aus den Augen zu lassen.

Stille. Sie starrten einander eine Weile an, dann fasste der Mann Leni am Arm und führte sie nach draußen. Als sie wieder auf dem Gehweg stand, war sie immer noch von ihren Gefühlen überwältigt. Der Unbekannte zündete sich eine Zigarette an und hielt ihr die Packung hin, aber sie lehnte kopfschüttelnd ab.

»Wo ist denn Ivan?«, fragte er und nahm einen Zug.

Leni antwortete nicht.

»Schau mich an, wenn ich mit dir rede«, sagte er und hob ihr Kinn. »Also, wo ist dein Mann?«

»Zu Hause.«

Leni hatte ihm den Blick zugewandt, erkannte ihn jedoch nicht. Braune Haarsträhnen lugten unter seiner Mütze hervor und bedeckten den glatten Stirnansatz. Seine dunklen Augen, rund wie zwei Murmeln, fixierten sie wie ein Radargerät. Nur der Klang seiner Stimme kam ihr entfernt bekannt vor. Nach einer Weile bot er ihr an, sie nach Hause zu begleiten.

»Na, du siehst aber gar nicht gut aus«, stellte er fest. »Was ist nur mit dir los? Du zitterst ja wie Espenlaub.«

»Ach nichts«, erwiderte Leni. »Ich muss mich erkältet haben.«

»Mach dir nichts draus, dass dich dieser Idiot so angegangen ist. Ich glaub, der hat's jetzt kapiert.«

Sie gelangten zügig zu ihrem Hauseingang.

»Ich gehe noch mit rauf«, sagte der Mann und trat in die Einfahrt. »Ich hab Ivan schon ewig nicht mehr gesehen.«

Besorgnis machte sich in Leni breit.

»Um diese Uhrzeit hat er sicher schon angefangen zu arbeiten«, meinte sie und stellte sich ihm in den Weg.

»Was machen die Geschäfte? Ich habe in der Zeitung gelesen, dass er die Baustelle in Prora gekriegt hat.«

Er hielt kurz inne, bevor er mit einem Lächeln auf den Lippen fortfuhr:

»Das ist ein verdammt großer Auftrag, den er sich da unter den Nagel gerissen hat. Hast du eine Ahnung, von wie viel wir hier reden?«

»Ivan spricht mit mir nie über seine Geschäfte.«

»Na schön«, sagte er mit gesenkter Stimme und knöpfte seinen Mantel zu. »Hast du mir sonst noch was zu sagen?«

»Nein, ich muss jetzt nach oben, ich habe noch viel zu tun.« Leni ließ ihn stehen und ging zum Eingang.

»Und was ist mit dem Bullen?«, rief ihr der Mann hinterher.

»Mit wem?«, fragte sie und drehte sich um.

»Ich weiß, dass er gestern Morgen bei euch aufgekreuzt ist. Was wollte er denn?«

Leni stand ihm unbeweglich gegenüber und fürchtete sich vor der Wendung, die das Gespräch zu nehmen drohte.

»Er hat nur von Schüssen im Viertel gesprochen, aber ich habe ihm gesagt, dass ich nichts gehört habe.«

»Schüsse … sonst nichts?«

»Ich glaube nicht.«

Der Mann zündete sich noch eine Zigarette an.

»Ich geh dann mal«, sagte er und kratzte sich am Bart. »Sag Ivan, dass ich in der Stadt bin und er mich anrufen kann, wenn er übers Geschäft reden will. Ach ja, und erzähl ihm lieber nicht, was passiert ist, sonst macht er sich nur unnötig Sorgen.«

»In Ordnung«, antwortete Leni und senkte den Kopf.

Der Mann küsste sie auf die Wange, bevor er seines Weges ging. Leni sah zu, wie er sich entfernte, und erst, als er ganz verschwunden war, entschloss sie sich, ins Haus zu treten.

Im Wohnzimmer entdeckte sie auf dem Teppich neben dem Sessel einen großen Koffer und zwei Kleiderschutzhüllen aus der Reinigung. Ivan stand am Fenster und hielt ein Blatt Papier in der Hand. Er drehte sich langsam zu ihr um, mit einem beunruhigend strengen Gesichtsausdruck. Die Hände hinter dem Rücken verschränkt, unterrichtete er sie, dass er am nächsten Morgen unbedingt nach Rügen fahren müsse. Er würde mindestens drei Tage dortbleiben, um gewisse Vorfälle zu klären, die sich während seiner Abwesenheit auf der Baustelle ereignet hatten. Diese Ankündigung beruhigte Leni, die sofort im Schlafzimmer verschwinden wollte, um ihre Sachen für die Reise zu packen. Doch ihr Mann bremste sie in ihrem Eifer. Er erklärte ihr, er könne sie dieses Mal nicht mitnehmen, sie müsse daher bis zu seiner Rückkehr allein in der Wohnung bleiben.

Lenis Tränen und ihr Flehen konnten ihn nicht von seiner Meinung abbringen. Zum ersten Mal würde sie allein sein, und das machte sie so tieftraurig, dass ihr Körper von Krämpfen geschüttelt wurde. Für Ivan Müller war die Verzweiflung seiner Frau nicht zu übersehen. Als er ihre Hilflosigkeit beobachtete, empfand er aufrichtiges Mitgefühl für ihren Schmerz und dachte, dass sich ihr Zustand in letzter Zeit ernsthaft verschlechtert hatte. Was aber konnte er da ausrichten? Auch er hatte wie alle Menschen im Laufe seines Lebens dramatische Situationen ertragen müssen, aber nichts hätte ihn in eine derartige Verzweiflung stürzen können. Manche lassen ihre Schwäche jedoch zur Gewohnheit werden, dachte er. Und wenn sie erst einmal in die Falle ihrer labilen Verfassung getappt sind, wollen sie sich nie mehr ganz daraus befreien. Sie finden sich damit ab, bis sie sich geradezu darin suhlen, trotz der verzweifelten Bemühungen ihres Umfelds. Gut möglich, dass Leni zu diesen Menschen gehörte. Mit einem Mal wichen Sanftmut und

Empathie einer gewissen Verärgerung. Ivan Müller gestand sich ein, dass ihm der Zustand seiner Frau nicht nahe genug ging, um sich eingehender dafür zu interessieren, zumindest nicht auf Kosten seiner Karriere. Ich bin nicht dazu berufen, verlorene Seelen zu retten, und das Unglück verdient nicht immer Aufmerksamkeit, überlegte er, während er nach einem Zettel auf der Konsole im Wohnzimmer griff.

»Hier ist die Adresse von einem Arzt«, sagte er und reichte Leni das Blatt. »Ich habe für morgen Nachmittag einen Termin für dich vereinbart. Du solltest besser noch die Nacht abwarten und sehen, ob sich dein Zustand verändert.«

Leni griff träge nach dem Stück Papier und verharrte einen Moment reglos. Ivan riet ihr, sich bis zum Mittagessen noch etwas hinzulegen, dann zog er sich wieder in sein Arbeitszimmer zurück. Sie hörte, wie die Tür zuknallte, dann ein leises Knirschen, von dem sie nicht wusste, ob es von ihren Knochen oder von der Straße herrührte. Welches Unglück steht mir bevor?, fragte sich Leni bange. Sie hatte das ungute Gefühl, dass schon bald eine Gefahr über sie hereinbrechen und ihr niemand zu Hilfe kommen würde. Von nun an nistete sich eine permanente Sorge in ihrem Körper und in ihren Gedanken ein. Es war noch nicht einmal elf Uhr morgens, und doch schien bereits die Nacht zu lauern.

Ivan Müller hatte mit dem Abendessen nicht gewartet, bis seine Frau aufwachte. Leni erschien auf der Türschwelle zum Wohnzimmer, nur mit einem einfachen weißen Baumwollnachthemd bekleidet, das ihr bis zu den Füßen reichte. Auch wenn sie immer noch aussah, als würde sie jeden Moment zusammenbrechen, hatte sie wieder etwas Farbe bekommen. Als sie ihren Mann von hinten dabei betrachtete, wie er seine Kaffeetasse füllte, war sie plötzlich erstaunt darüber, dass sie ihn nicht erkannte. Nichts an der Form seiner Hände oder der Wölbung seines Nackens löste in ihr die kleinste Erinnerung aus, sodass sich schließlich Zweifel in ihren Kopf schlichen. Wenn sich dieser Mann jetzt umdrehen sollte, ist sein Gesicht womöglich gar nicht das von Ivan, dachte sie angsterfüllt. Noch vor zwei Tagen war ihr Ehemann der einzige Mann in ihrem Leben gewesen. Was war geschehen, dass der Frieden in ihrem Heim auf einmal so brüchig geworden war, dass jede Form der Realität in Zweifel gezogen wurde? Beim Knarren der Holzdielen neigte Ivan den Kopf zur Seite.

»Ich wollte dich nicht wecken«, sagte er. »Wie fühlst du dich?«

Leni setzte sich schweigend an den Tisch.

»Viel besser, glaube ich«, sagte sie.

Die Lüge war zu groß. Leni spürte, wie sie sich in ihr einrichtete wie ein Gast, der sich am Ende einer Party weigert, zu gehen. Ivan Müller wischte sich den Mund mit einem Zipfel seiner Serviette ab, dann schob er seinen Stuhl zurück und stand vom Tisch auf. Da sie nicht wusste, wie sie ihn zurückhalten sollte, erhob sich Leni ebenfalls, um ihm entgegenzutreten. Aber sein abwesender und stumpfer Blick ließ sie von jeder Initiative absehen. Sie wusste, dass sie ihn durch kein Flehen würde bei sich halten können, denn sie hatte das Gefühl, dass er sie gar nicht mehr wahrnahm. Verdrossen verließ Ivan Müller ohne ein Wort das Wohnzimmer. Draußen vor dem Fenster fiel noch immer Schnee.

3

IVAN MÜLLER HATTE gegen acht Uhr morgens das Haus verlassen. Leni hatte gehört, wie sein Koffer durch den Gang rollte, aber es nicht gewagt, aufzustehen und ihm eine gute Reise zu wünschen. Sie wusste, dass das ohnehin nichts gebracht hätte. Um zehn Uhr begann sie ihren Tag. Nachts hatte sie Gelegenheit gehabt, über die drei kommenden Tage ohne ihren Mann nachzudenken. Trotz der Missgeschicke, die ihr in letzter Zeit passiert waren, hatte sie beschlossen, ihre Gewohnheiten genauestens einzuhalten. Gesundheitlich ging es ihr ja wieder besser. Als sie an diesem Morgen die Vorhänge im Schlafzimmer aufzog, spürte sie, wie ein erregtes Zittern jeden ihrer Handgriffe begleitete. Auf dem Nachttisch sah sie einen Briefumschlag mit ihrem Namen. Sie öffnete ihn einen Spaltbreit mit den Fingerspitzen, als würde das Papier gleich in Flammen aufgehen, und entdeckte darin ein kleines Bündel mit Fünfeuroscheinen. Ivan hatte ihr etwas Geld dagelassen, damit es ihr während seiner Abwesenheit an nichts mangelte. Diese Aufmerksamkeit erfüllte sie mit einer Scham, wie sie sie noch nie zuvor empfunden hatte. Sie stand plötzlich da wie ein kleines Mädchen, dessen Vater nach Lust und Laune entscheidet, ob er ihm einen Gefallen erweist oder verweigert. Normalerweise floss ihr das Geld zu, ohne dass sie in irgendeiner

Weise darüber nachdenken musste. Es war je nach Situation unterschiedlich, manchmal griff sie in das Portemonnaie ihres Mannes, andere Male bat sie ihn einfach um ein bisschen Bargeld für die Einkäufe. Ivan Müller kam ihrer Bitte immer unbesehen nach, nie hatte es bei diesem Thema auch nur den kleinsten Streit gegeben. Bei größeren Ausgaben reichte er ihr schlicht seine Karte.

Leni versteckte den Umschlag in einer Schublade der Konsole und beschloss, nicht mehr daran zu denken. Durch die Stille, die in der Wohnung herrschte, fühlte sie sich immer noch verletzlich. Sie gab sich einen Ruck, um wenigstens ihre Alltagspflichten zu bewältigen: das Bett zu machen, ein heißes Bad zu nehmen, das Frühstück zuzubereiten, die Waschmaschine anzustellen und die liegengebliebene Bügelwäsche zu erledigen.

Kurz vor zwölf wollte sie fürs Mittagessen ein paar Besorgungen im Einkaufszentrum machen. Auf dem Weg zum Haustor, um auf die Straße zu gelangen, verspürte sie plötzlich eine Art unsichtbare Barriere. Dabei war der Vormittag so gut verlaufen. Aber der verdammte Umschlag hat mich von meinem Ziel abgelenkt, dachte sie. Wenn ich durch diese Tür gehe, verlässt mich meine Zuversicht womöglich. Und wenn Ziegler wieder auftaucht? Oder der Mann aus dem Kiosk? Ivan ist ja nicht mehr da, um mir aus der Klemme zu helfen. Die Schwierigkeiten werden sich auftürmen, und allein in dieser Stadt fühle ich mich allem und jedem gegenüber machtlos. Die negativen Gedanken gewannen die Oberhand. Die Zweifel wurden immer drängender. Leni blieb wie erstarrt unter dem Torbogen stehen, die Hand zum Eingang ausgestreckt, als würde sie die Augen vor grellem Sonnenlicht schützen. Ein Nachbar ging grüßend an ihr vorbei und öffnete die Tür. Draußen drehte er sich um und hielt Leni im Gehen gerade noch so die Tür auf. Überrumpelt stürzte sie ihm nach und bedankte sich. Dann wandte sich der Mann nach rechts und verschwand.

Die Gehwege waren wieder von Frost überzogen. Leni beobachtete belustigt die Passanten, die, so gut es ging, das Gleichgewicht zu halten versuchten. Einigen gelang es nicht. Sie fielen hin und rappelten sich fluchend und mit vor Verlegenheit hochroten Gesichtern wieder auf. Auch Leni wagte sich voran. Die ersten Schritte waren heikel, aber wenn sie nah an den Häusern entlangging, rutschte sie nicht so leicht aus. An der Kreuzung Schloßstraße hörte man den Gesang vom Weihnachtsmarkt herüberschallen, der auf dem Walther-Schreiber-Platz aufgebaut war. Die Holzbuden reihten sich direkt vor den Schaufenstern entlang der Einkaufsmeile aneinander. Der süße Duft von Liebesäpfeln mischte sich mit dem Bratfettgeruch von Currywurst. Die Karstadt-Türen sogen die Massen der Kunden förmlich hinein. Während die einen vollbepackt mit blau-weißen Tüten herauskamen, drängten schon die nächsten hinein, um sie abzulösen. Leni hatte es geschafft, sich zwischen den anonymen Gestalten hindurchzuschlängeln. Das Innere des Kaufhauses glich einem brennenden Ameisenhaufen. Sofort ging Leni in einer Masse rempelnder Arme und Beine unter, eingehüllt von dem nicht enden wollenden Brummen der Menschenmenge. Hinzu kamen die mechanischen Geräusche, das Handyklingeln, die Lautsprecherdurchsagen und die Werbespots. Die beruhigende Stimmung der Straße war schlagartig verschwunden. Leni ließ sich mit der Menge treiben, bis sie vor Schmidts Gebäckauslage stand. Das Häuschen, dessen Wände Lebkuchenbilder zierten, lag in der Nähe der automatischen Schiebetür und wurde von den Kunden geradezu überrannt. Hände voller Süßigkeiten schwebten wie Tentakel über den Köpfen. Doch Leni war einsamer denn je zumute. Sie hatte das seltsame Gefühl, nicht mehr denselben Boden unter den Füßen zu haben wie früher. Ihr war, als wäre sie plötzlich fremd auf der Erde, was abgesehen von ihr selbst niemand ahnte.

Leni sah davon ab, die Rolltreppe zu nehmen. Der nächstgelegene Ausgang führte zum Harry-Bresslau-Park. Die Luft war eisig und der Himmel schmutzig weiß, als hätte er sich noch nie aufgehellt. Frostgewebe mit glitzernden Spiegelungen spannten sich zwischen den Gräsern im Park und den Brettern der Bänke. Weiter entfernt schwebten Nebelnetze wie Geister über den Autos. Die Kälte hatte alles erstarren lassen. Leni spürte, wie ihr Tränen die Wangen hinunterliefen. Sie schlug den Mantelkragen hoch, dann beschleunigte sie ihre Schritte bis zur Wohnung. Auf halber Strecke bereute sie, dass sie sich nicht getraut hatte, im Kaufhaus zu bleiben. Warum hatte sich dieser Ort, den sie so mochte, in einen solchen Albtraum verwandelt? Während sie die Tür öffnete, murmelte eine Nachbarin auf dem Treppenabsatz etwas hinter ihrem Rücken. Als Leni sich umdrehte, rannte die junge Frau mit einem merkwürdigen Lachen die Treppe hinunter.

Jemand hatte Ivans Zeitung auf die Fußmatte gelegt. Leni bückte sich, um sie aufzuheben, schloss die Tür hinter sich, knöpfte ihren Mantel auf und ging in die Küche. Die Schränke waren fast leer, bis auf zwei, drei Konservenbüchsen, die weit hinten versteckt waren. Ivan Müller hatte ihr geraten, die Einkäufe immer für eine ganze Woche zu erledigen, worauf sie sich aber nie eingelassen hatte. Der Besuch im Supermarkt war ihr einziger täglicher Gang nach draußen, und darauf hatte Leni bis heute nie verzichten wollen. »Am Abend ist bestimmt weniger los, dann gehe ich noch mal hin, ich gehe einfach noch mal«, dachte sie laut. Am Rand des Spülbeckens lag die *Welt*, auf der Titelseite das unbewegte Gesicht der Kanzlerin, die die Hände zur Raute gefaltet hatte. Leni betrachtete sie einen Moment, ohne dabei an irgendetwas zu denken. Den Text in der Spalte daneben zu lesen wäre ihr nie in den Sinn gekommen.

Das Telefon im Flur läutete. Seltsamerweise schaltete sich der Anrufbeantworter schon nach einem Klingeln ein. Eine Frauenstimme hinterließ eine Nachricht. Leni war erstarrt in einer Ecke des Gangs stehengeblieben. Sie erkannte die erwähnte Adresse: Es war dieselbe, die ihr Mann vor seiner Abreise auf den Zettel geschrieben hatte. Man hatte gerade ihren Arzttermin bestätigt. Es war schon nach zwölf. Normalerweise würde sie jetzt den Mittagstisch abräumen. Diese banalen Handgriffe erfüllten sie plötzlich mit einer seltsamen Wehmut: die Teller stapeln, das schmutzige Besteck auf den obersten von ihnen legen, das Tischtuch zusammenfalten und es dann auf dem Balkon ausschütteln. Wie sollte sie wieder zu ihren Gewohnheiten finden? Es war, als hätte sich die Zeit urplötzlich beschleunigt und sie am Rand einer einsamen Straße stehenlassen. Leni betrat das Wohnzimmer und ging zur Konsole. Vielleicht wüsste der Arzt ja doch einen Rat, dachte sie, als sie die Notiz ihres Mannes wiederfand. Was hatte sie schon zu verlieren? Sie hatte ohnehin das Gefühl, ihr kostbarstes Gut sei ihr weggenommen worden. Der Termin war auf dreizehn Uhr dreißig festgesetzt worden, in der Podbielskiallee 50.

Leni folgte der Markelstraße, bis sie die Lepsiusstraße kreuzte. Sie blieb einen Augenblick vor dem Schaufenster des Tierpräparators stehen, ein Laden, in dem man nie jemanden zu Gesicht bekam, abgesehen von den erstarrten Tieren in den dunklen Holzregalen oder an den Wänden mit dem abgeblätterten Anstrich. Sie entdeckte einen neuen Nager in der Auslage, auf den ersten Blick handelte es sich um einen Waschbären. Ein alter Kristallleuchter an der Decke brachte sein Fell zum Glänzen. Nicht weit davon wartete eine Kundenschlange vor der Pfandrückgabe von Getränke Hoffmann. Zu ihren Füßen standen Plastikkästen mit leeren Bierflaschen. Leni bog rechts in die Maßmannstraße ein, die wie alle Straßen in diesem Viertel genauso aussah wie ihre eigene. Große Wohnhäuser mit hohen Flügelfenstern, mehr oder weniger geschmackvoll mit Ornamenten verzierten Fassaden und kleinen Gärtchen mit gepflegtem Rasen, die sich vor den Fenstern im Erdgeschoss erstreckten. Den Markt am Ende der Straße kannte Leni gut. Links wuselten die Bedienungen des griechischen Spezialitätenrestaurants zwischen den Tischen mit den blau-weiß karierten Stoffdecken herum. Auf dem Gehweg wies eine Schiefertafel auf die Tagesgerichte hin. Sonntagmorgens ging Leni gern zu dem türkischen Lebensmittelladen einige Meter weiter, in dem frisches Obst und Gemüse verkauft wurden. Zwei Männer tranken Kaffee auf der angrenzenden Terrasse und umklammerten die Tassen mit den Händen. Eine alte Dame kam aus dem Geschäft und nahm ihren kleinen Hund mit, den sie während des Einkaufs an einem Pfosten festgebunden hatte. Als sie ihre Manteltaschen durchsuchte, fiel Leni auf, dass sie die Zigarettenpackung auf dem Küchentisch vergessen hatte. Sie zögerte kurz, bevor sie den Laden betrat, dann ging sie endlich die Stufen hinauf. Der süße Duft des Honiggebäcks schlug ihr entgegen. Eine Frau erschien hinter dem Tresen. Sie war um die zwanzig und grüßte Leni. Das gutmütige Lächeln auf ihrem Gesicht grub Fältchen in die Winkel ihrer grünen Augen. Sie hatte eine verborgene Schüchternheit an sich, und diese ebenso schöne wie unauffällige Schwäche weckte Lenis Vertrauen. Sie bat um eine rote Packung Lucky Strike, die die junge Frau ohne zu zögern aus dem Regal hinter sich holte. Nach dem Bezahlen verabschiedeten sie sich fast im Flüsterton, und Leni nahm ihren Weg wieder auf, während sie sich über ihr wiedergefundenes Glück freute. Es gibt noch Leute mit einem milden Blick, dachte sie und bog in die Kreuznacher Straße ein. Sie wollte dieses Glücksgefühl wie den Duft eines Parfüms auf der Haut bewahren. Im Laufe der Zeit verschwinden die Spuren eines wie auch immer gearteten Erfolgs so leicht, dass man sich irgendwann fragt, ob es ihn überhaupt gegeben hat.

Der Weg bis zum Breitenbachplatz kam ihr endlos lange vor, und der kalte Wind wirbelte nun die Salzkörner von den Gehwegen auf. Um sich abzulenken, betrachtete Leni die Pflastersteine aus goldenem Messing, die in den Boden eingelassen waren. Sie wurden *Stolpersteine* genannt, und im Winter passierte es oft, dass man auf ihnen ausrutschte, wenn man aus dem Haus ging. In der Regel konnte man denselben Familiennamen auf drei oder vier verschiedenen Platten lesen, nur die Vornamen änderten sich. Die Inschrift begann mit »Hier wohnte«. Leni stellte sich gern die Gesichter der verschwundenen Personen vor, ihre Gewohnheiten, ihre Art, sich zu kleiden. Während sie um sich herum die Gebäude mit dem abgeblätterten graubeigen Putz betrachtete, bestürmten sie tausend Fragen. Wenn sie zurückgekehrt wären, was hätten sie dann über Berlin gedacht? Wären sie genauso verloren wie sie mitten auf der Schloßstraße? Ivan hatte ihr einmal erzählt, dass die älteren Einwohner von Steglitz, von denen einige den Krieg miterlebt hatten, Steglitz damals in »Stehtnix« umbenannt hatten, weil nach dem Bombenangriff der Alliierten nichts mehr an Ort und Stelle stand.

Endlich erschien das blaue Schild der Haltestelle Breitenbachplatz. Die massive graue Betonbrücke, die die Autobahn stützte, überragte den Platz und erstreckte sich bis zur Dillenburger Straße. Als Leni den Zebrastreifen überqueren wollte, kam sie versehentlich einem Radfahrer in die Quere, der mit voller Geschwindigkeit auf sie zuraste. Der Mann beschimpfte sie heftig, bevor er weiterfuhr. Von einer plötzlichen Traurigkeit überwältigt, schüttelte Leni den Kopf, als wollte sie das Gefühl loswerden. Mit gesenktem Blick ging sie, ohne stehenzubleiben, am Eingang der U-Bahn-Station vorbei, lief durch die Grünanlage und folgte der Schorlemerallee. Sie wusste, dass es nicht mehr weit war, höchstens noch zehn Minuten zu Fuß. Die Autos rasten auf den Fahrspuren vorbei, während auf dem Mittelstreifen völlig durchgefrorene Spaziergänger ihrem Hund dabei zusahen, wie er am welken Gras schnüffelte. Die Allee war von sehr unterschiedlichen Häusern und Villen gesäumt. In dieser Wohnsiedlung stand ein riesiger, von großen Fenstern durchlöcherter Betonklotz neben einem ganz und gar herkömmlichen Bauwerk, während auf der anderen Seite weiß gekalkte Fassaden auftauchten, die eigenartig andalusisch anmuteten. Hinter der langen Reihe von Eingangstoren besaß jedes der Anwesen einen eigenen Garten. Manche waren mit blinkenden Dekorationen geschmückt, deren Funkeln vom weißen lichtdurchtränkten Himmel geschluckt wurde.

Nur die Kerzenflammen der Weihnachtspyramiden zwischen den Vorhängen der wohlig warmen Heime leisteten noch Widerstand. Der Winter zeigte diesen Ort nicht von seiner besten Seite, nichts blühte hier. Eine bleierne, beunruhigende Strenge ging von ihm aus, als zöge jeder Schritt die Passanten noch tiefer in den Abgrund. Mit seinen Schießscharten aus rotem Backstein und dem großen Tor mit schmiedeeisernen Gitterstäben wirkte der Eingang zum U-Bahnhof Podbielskiallee wie der zu einem mittelalterlichen Schloss. Da sie nicht mehr wusste, in welche Richtung sie weitergehen sollte, überließ Leni es dem Zufall und wandte sich nach links. Nach dem Eingangsbogen eines Restaurants folgten keine weiteren Wohnhäuser mehr. Nur ein großer bewaldeter Park, der sich über einen Teil der Allee erstreckte. Leni hielt einen Augenblick inne. Sie zog den zerknitterten Zettel aus der Tasche, um sicherzugehen, dass sie sich nicht getäuscht hatte. Es war kein Irrtum, es handelte sich tatsächlich um diese Adresse.

Leni wollte gerade umkehren, als sie die Zahl 50 auf einer der Säulen am Restauranteingang entdeckte. Plötzlich fiel ihr wieder ein, dass sie hier einmal vor langer Zeit mit Ivan gegessen hatte. Sie hatte keine besondere Erinnerung daran. Egal, das spielte jetzt keine Rolle. Warum sollte sie hierherkommen? Auf der anderen Seite des Zauns lag eine große, mit roten Sonnenschirmen übersäte Terrasse, die von weitem einem Klatschmohnfeld glich. Dahinter erhob sich ein weißes, elegantes zweistöckiges Gebäude mit einem schwarzen zylinderförmigen Dach. Die Neugierde trieb Leni dazu, dem menschenleeren Weg zum Eingang zu folgen.

Drinnen angekommen, überraschte sie die prächtige Ausstattung des Lokals; in den beiden Hauptzimmern hingen imposante Kronleuchter, Wände und Decken waren mit barocken Gemälden verschönert, erhabene Stuckverzierungen schmückten sämtliche Winkel und Ecken, die wiederum von Säulen mit blattvergoldeten Kapitellen voneinander abgegrenzt waren. Die Tische und Stühle aus dunklem Holz bildeten einen Kontrast zur beunruhigenden Opulenz des Ganzen. Am anderen Ende des Saals stand ein Kellner hinter der Bar. Leni traute sich nicht näher heran. Es war absolut zwecklos, ein Gespräch zu beginnen, nur um herauszufinden, dass es hier sehr wahrscheinlich keine Arztpraxis gab, auch nicht im Hinterzimmer. Als sie gerade hinausgehen wollte, rief jemand ihren Namen. Sie blickte sich um und erkannte die Gestalt einer Frau an der Bar, die sie heranwinkte. Langsam machte sie kehrt.

»Willst du deiner Mutter nicht mal mehr Hallo sagen?«, fragte die Frau.

Sie trug ein tief ausgeschnittenes rotes Paillettenkleid, das nicht besonders passend für diese Jahreszeit war. Ihr lockiges kastanienbraunes, rötlich schimmerndes Haar fiel ihr auf den halbnackten Rücken, und die hellblaue Schminke auf ihren Augenlidern reichte fast bis zu ihrer Nase. Sie sah aus wie eine Opernsängerin, die in letzter Sekunde von der Bühne geflüchtet war. Leni beobachtete sie mit einem besorgten und gleichzeitig versonnenen Blick. Einen Moment stand sie sprachlos da, dann zog die Frau einen Stuhl zu sich heran und bedeutete Leni, Platz zu nehmen. Auf der Theke standen zwei fast leere Champagnerschalen. Der Kellner wandte sich ihnen zu.

»Noch mal dasselbe«, forderte die Frau und fuhr mit dem Zeigefinger den Glasrand entlang.

Ihre Stimme kam Leni vertraut vor, ohne dass sie sicher hätte sagen können, dass es ihre Mutter war. Es war schon so lange her. Angesichts der jüngsten Ereignisse dachte sie, dass es besser wäre, so zu tun, als würde sie sie erkennen.

»Warum schaust du mich so an?«, fragte die Frau und musterte Leni.

»Wie schaue ich denn?«

»Mitleidig.«

Leni senkte schweigend den Blick. Die Frau, die schon betrunken wirkte, trank einen Schluck Champagner.

»Ich habe gestern Abend deinen Bruder getroffen«, fuhr sie fort. »Er hat mir erzählt, dass er dir zufällig begegnet ist und du nicht so gut ausgesehen hast.«

»Meinen Bruder?«

»Ja, Émile«, sagte die Frau mit besorgter Stimme.

Émile. Der Name tauchte Buchstabe für Buchstabe aus der Tiefe ihres Gedächtnisses auf. Es war ein unerklärliches Gefühl, als existierten die Grenzen der Zeit nicht mehr. Sie sah sich wieder mit ihrem Bruder im Kinderzimmer. Es musste August sein, denn die Hitze war trocken und drückend. Die Rollläden der Wohnung waren heruntergekurbelt, durch einen schmalen Spalt fiel das Licht herein. In der Küche machte ihre Mutter Rosa Wassereis mit Grenadine. Leni und ihr Bruder setzten sich an den Holztisch und bissen in das Eis am Stiel, bis sie davon Kopfweh bekamen. Dann legte sich Rosa in Unterhose und mit nackten Brüsten auf das Sofa und schaltete den Ventilator ein, über den sie ein feuchtes Handtuch geworfen hatte. Leni betrachtete den vollkommenen Körper ihrer Mutter von einer Ecke des Wohnzimmers aus, die im Halbdunkel lag. Mit den geschlossenen Augen, ihren langen ausgestreckten Beinen, den Schweißtropfen auf dem Bauch glich sie einem Blumenstängel nach dem Morgentau. Ein weißer Schimmer betonte die Spitzen ihrer Knochen, die wie Würfel unter ihrer Haut zu rollen schienen, wenn sie sich auf die Seite drehte. In dieser Welt herrschten Liebe und Zärtlichkeit, dachte Leni. Manchmal, wenn die Hitze in der Nacht nicht nachließ, legte Mutter eine große Matratze auf den Balkon und kippte einen Eimer kaltes Wasser auf die Fliesen. Das Wasser verdunstete schnell, aber uns blieb noch Zeit, unsere glühenden Hände auf die kühle Oberfläche zu legen.

»Wie läuft es mit Ivan?«, fragte Rosa mit einer fernen Stimme. »Bist du glücklich mit ihm?«

»Es ist alles gut, Mama.«

Als sie dieses letzte Wort aussprach, spürte Leni einen leichten Rausch. Sie nahm die Champagnerschale und trank einen Schluck. Rosa schwieg. Wie sie so über ihr Glas gebeugt dasaß, mit den ganzen Schminkschichten, die sie wie eine antike Statue aussehen ließen, hätte jeder Mühe gehabt, sie zu erkennen. Sie schien müde und verlebt. Leni legte den Kopf in ihre Schulterbeuge. Rosa rührte sich nicht, wie erstarrt angesichts dieser plötzlichen Zuwendung. Kurz darauf spürte Leni, wie ihre Mutter ihr über das Haar strich, sie mit den Fingernägeln am Kopf kratzte und ihr dann den Nacken hinunterfuhr. Ein angenehmer Schauer jagte durch ihren Körper. In der Luft hing ein Duft nach Lavendel, frischer Wäsche, Arnikasalbe … Leni hob den Kopf, um Rosa anzusehen, doch als ihre Blicke sich kreuzten, war das Gefühl verschwunden. Es blieben nur zwei fremde Pupillen, hinter denen nichts glänzte, vielleicht lag das aber auch an der betäubenden Wirkung des Alkohols. Die Mutter drehte den Kopf zu ihrer Tochter und bat sie, ihr von Ivan zu erzählen; ihre Geschichte interessierte sie offensichtlich. Also berichtete Leni ihr vom einfachen und friedlichen Glück an der Seite ihres Ehemannes und den Gewohnheiten, durch die in ihrem Leben alles genau nach Plan lief. Rosa nickte schweigend, wie es Mütter tun, die ihre Gedanken lieber für sich behalten und das Glück ihres Kinds bewahren. Manchmal schlich sich ein unzufriedener Ausdruck auf ihr Gesicht, der aber im selben Moment wieder verschwand.

»Wenn angeblich alles so gut läuft, warum siehst du dann so traurig aus?«, fragte Rosa.

»Ich bin nicht unglücklich, so ist es nicht. Im Übrigen denke ich sowieso die meiste Zeit an nichts, weißt du. Ich sehe mich um, ich kümmere mich um wichtige Dinge, damit der Haushalt läuft, und das reicht mir.«

»Also bist du glücklich so, wie es ist?«

»Ja. Ich habe eher das Gefühl, dass ich mich verliere, sobald ich versuche, mehr daraus zu machen.«

Leni hatte sich nicht getraut, ihre jüngsten Enttäuschungen zu erwähnen, weil sie daran gedacht hatte, was ihr Mann zu sagen pflegte: Probleme schafft man sich erst, wenn man sie ausspricht. Rosas Aufmerksamkeit für ihre Tochter ließ allmählich nach. Ihr Kopf sank nach vorn über das Champagnerglas. In diesem Erschlaffen steckte so viel Enttäuschung, dass es die ganze Luft im Saal zu lähmen schien. Auf einmal fuhr Rosa mit weit aufgerissenen Augen hoch.

»Ich war zweimal verheiratet«, sagte sie mit schwerer Zunge. »Und obwohl keine dieser Beziehungen geglückt ist, habe ich die Vorstellung einer einfachen Liebe nie aufgegeben. Alles andere ist nur anstrengend.«

Ein Lächeln stahl sich auf ihr Gesicht. Es wirkte wie eine langjährige Falte, eine entblößte Narbe. Rosa leerte ihr Glas in einem Zug, sie war bereit zum Aufbruch.

»Ich muss jetzt los«, sagte sie und versuchte, aufzustehen.

»Schon?«, fragte Leni beunruhigt. »Aber wo musst du denn hin?«

»Ich werde da drüben erwartet«, sagte Rosa lächelnd.

Leni half ihr aus dem Stuhl.

Ein Mann wartete ganz allein vor dem Eingang des Restaurants. Er hatte die rechte Hand in die Hosentasche gesteckt, in der anderen hielt er eine angezündete Zigarette. Mit seinem graumelierten, glatt zurückgestrichenen Haar, dem perfekt geschnittenen Anzug und den getönten Brillengläsern hatte er eine gewisse Ähnlichkeit mit Schauspielern aus der Blütezeit des italienischen Kinos. Er winkte den beiden Frauen zu.

»Kennst du den Mann?«, fragte Leni, während sie Rosa am Arm stützte.

»Das ist Richard, ein alter Bekannter. Komm, ich stelle dich vor.«

Leni blieb abrupt stehen.

»Ich warte lieber hier.«

»Ach, was redest du! Richard ist ein sehr guter Arzt, er kann dir was verschreiben.«

»Ich brauche nichts, Mama.«

»Lass dich wenigstens einmal abhorchen.«

»Ich sage doch, mir geht es gut.«

Rosa schien brüskiert von der Selbstsicherheit ihrer Tochter. Ihr Gesicht hatte sich in einer Wut verzerrt, die sie mit zusammengebissenen Zähnen zu verbergen versuchte.

»Wie du willst«, stieß sie unwirsch hervor. »Eines Tages wirst du dich aber behandeln lassen müssen.«

Der Mann sah ungeduldig auf die Uhr. Rosa löste sich von

Leni, dann ließ sie sich in die Arme des Unbekannten fallen, der sie lachend unter den Achseln auffing.

Von der Bar aus sah Leni zu, wie sich die beiden Schatten in der schwindenden Helligkeit des Winterhimmels auflösten.

4

LENI TRANK IHREN Kaffee am Fenster. Ein Sonnenstrahl durchströmte das Wohnzimmer und erhellte eines der Bretter im Bücherregal. Eine andächtige Stille schwebte wie Staub um sie. Sie erinnerte sich, wie sie am Abend zuvor aufs Geratewohl durch die Straßen geirrt war, ohne sich sicher zu sein, dass sie nach Hause zurückfinden würde. Die Nacht hatte über der Schweinfurthstraße gehangen, die nur spärlich vom weißen Licht der im dichten Nebel verschwindenden Laternen beleuchtet wurde. Es war so kalt und trocken gewesen, dass sich der Schein der Laternen in der Dunkelheit in winzige Lichtsplitter brach, die aussahen wie Sternenzacken. Leni war niemandem begegnet, nur Schatten bewegten sich hinter den Vorhängen der Häuser, die die Straße säumten.

Jetzt brach der Tag über den Kirchtürmen der Stadt an und ließ die Nacht wie eine ferne Erinnerung ohne Echo hinter sich. Lenis Gedanken kreisten um Rosa. Sie suchte nicht nach einer Erklärung für dieses Treffen, es hatte stattgefunden, das war alles. Sie bedauerte nur, dass ihr keine Zeit geblieben war, noch länger mit ihrer Mutter zu reden. Sie hatte ihr keine einzige Frage über das Leben gestellt, das sie führte, aus Angst, sie zu kränken. Ihre müden Gesichtszüge und ihr verstörter Blick hatten ihr bereits zu verstehen gegeben, dass es in ihrem Leben offenbar keinen Grund zur Freude gab. Vielleicht hatte ihre Mutter dasselbe über sie gedacht. Für Kinder sind die Gesichter wie ein halbvolles Glas, überlegte sie. Sind sie erst einmal erwachsen, vorausgesetzt, sie sind nicht naiv, kann die frühere Vergötterung die dunklen Spuren in den Augen ihrer Eltern nicht mehr verbergen.

Hinter dieser traurigen Feststellung steckte ein Verlust, den Leni nicht hinnehmen wollte. Also kehrte sie zum Restaurant zurück. Doch als sie dort ankam, war der Tresen verlassen. Hinter der Bar stand derselbe Kellner wie am Vorabend, dennoch erkannte er sie nicht. Sie setzte sich an denselben Platz wie beim letzten Mal, bestellte ein Bier, blieb einen Augenblick dort und wartete darauf, dass Rosa zurückkehrte. Die Stunden vergingen, ohne dass sie erschien. Leni wusste, dass ihre Mutter nicht mehr wiederkommen würde. Sie trank ihr Bier aus und legte ein paar Münzen auf den Tresen, bevor sie das Lokal verließ.

Die Fahrgäste stiegen mit gesenktem Kopf aus dem Wagen, den Blick auf die Displays ihrer Handys gerichtet. In der U-Bahn mischte sich Schweißgeruch mit einem Vanilleparfüm. Leni ängstigte sich überhaupt nicht, mit den öffentlichen Verkehrsmitteln zu fahren, da sie wusste, dass niemand hier je zu ihr aufsehen würde. Zugegeben, es konnte passieren, dass sie dem Blick eines Hunds begegnete, der artig zu Füßen seines Herrchens saß, oder dem eines Fahrradfahrers, der sein Fahrrad an sie heranrückte, um den Weg frei zu machen, oder dem einer alten Dame, die mit gerecktem Hals sicherstellte, dass zwischen den Sitzen immer Ruhe herrschte. In der Bahn schien jeder seine Einsamkeit zu schätzen. Wenn ein Bettler hereinkam, um für einen Euro und ein paar Cents sein Magazin, die *Motz,* zu verkaufen, zogen die Mitfahrer noch mürrischere Gesichter und duckten die Köpfe weg, von denen man hätte meinen können, dass sie ihren äußersten Beugegrad schon erreicht hatten. Und zwar so, dass der Bettler nur noch Schädel und Mützenbommel als Reaktion auf seine Bitte zu sehen bekam. Leni spürte die angenehme Wirkung des Alkohols, als würde sie von einer sanften Meeresströmung getragen. Die letzten Sonnenstrahlen nahmen ab, und die Wärme, die sich in einzelnen Wellen verkroch, war nicht mehr dieselbe. Der Himmel verlor langsam an Leuchtkraft. Leni hatte das Bedürfnis, noch ein Stück zu Fuß zu gehen. Sie beschloss, die Bahn an der Haltestelle Spichernstraße zu verlassen und die U9 bis zum Rathaus Steglitz zu nehmen. Ein paar Fahrgäste waren nach ihr ausgestiegen, sie alle gingen hintereinander den Bahnsteig entlang. Einen Moment kam es Leni so vor, als nähmen sie alle denselben Weg. Als wagte es keiner, sich von dieser einträchtigen kleinen Gruppe zu lösen, bevor sie nicht ihr gemeinsames Ziel erreicht hätten. Doch das war nur eine Illusion. Die Frau, die ihr vorausging, schien sich im Ausgang geirrt zu haben, blieb plötzlich abrupt stehen und machte kehrt, wobei sie Leni an der Schulter streifte. An ihrer linken Seite ging ein Kind, dessen Rücken vom Gewicht seines Schulranzens fast erdrückt wurde, weiter neben ihr her, aber als es auf der Anzeigetafel sah, dass die nächste Bahn gleich abfahren würde, rannte es los. Wie es so von links nach rechts schwankte, ähnelte es einer Schildkröte, die gleich ihren Panzer verlieren würde. Nun blieb nur noch ein alter Mann, der aussah wie ein ehemaliger Mönch, er legte auf einem der Metallsitze am Bahnsteig eine Pause ein, da die Anstrengung zu groß war für seine dünnen Beine.

Leni durchquerte den Tunnel mit den gekachelten Wänden, dann stieg sie die Treppe hinunter, um ihren Anschluss zu erreichen. Als sie am Gleis ankam, schlossen sich die Türen der Bahn gerade. Das Warnsignal war schon ertönt, als Leni in den fast leeren Wagen sprang.

Am Haltestellenausgang fielen zaghaft ein paar Schneeflocken. Sie ging die leicht ansteigende Grunewaldstraße hinauf, an den beleuchteten Schaufenstern des Einkaufszentrums Das Schloss vorbei, wobei sie einen Blick auf die bunt gekleideten Schaufensterpuppen warf. In der Scheibe verschwamm ihr Spiegelbild mit dem der starren Modelle. Das Ergebnis war gelinde gesagt verwunderlich, wenn nicht sogar demütigend. Leni dachte plötzlich an ihren Ehemann. Ivan Müller schenkte den Bemühungen seiner Frau, sich einzukleiden, keine große Beachtung und wiederholte immer, dass die meisten Männer sich bei »solcherlei Dingen«, wie er es nannte, ausgeschlossen fühlten oder ihnen sogar gleichgültig gegenüberstanden. »Tatenlos«, dieses Wort hatte er gebraucht, um das Gefühl der Männer zu beschreiben, wenn ihre Frauen in Erwartung einer Bemerkung vor ihnen herumstolzierten. Leni erhoffte sich nichts von ihrem Mann, was das anbelangte, weder Komplimente noch Kritik. Und sie begnügte sich mühelos mit seiner nüchternen Offenheit.

Sie brauchte ungefähr zwanzig Minuten bis zur Schmidt-Ott-Straße, der sie folgte, bis sie hinter einem Baum das Dach des Wasserturms auf dem Fichtenberg sah. Sie bog rechts in die Arno-Holz-Straße ein und ging weiter, bis sie einen kleinen abschüssigen Pfad erreichte, bei dem die Straße endete. Diese Stelle hatte sie zufällig auf einem Spaziergang entdeckt, als sie sich auf dem Weg zum Botanischen Garten in dem Labyrinth der kleinen gepflasterten Gässchen verloren hatte und am Eingang zum Ruth-Andreas-Friedrich-Park wieder herausgekommen war. Seitdem suchte sie diesen Ort regelmäßig auf, um Sonne zu tanken, im Sommer wie im Winter. Es war ein bewaldeter, ganz bezaubernder Weg, der von einer langen Reihe Laternen erhellt wurde, deren Glühbirnen so schwach waren, dass man hätte meinen können, es befänden sich Flammen darin. Die Nacht brach schnell herein, bald würde man nur noch Schatten ausmachen können.

Leni ging weiter, als sich plötzlich eine Gestalt aus dem Gebüsch löste, mitten auf dem Weg stehenblieb und sie anstarrte. Sie dachte zuerst an einen verirrten Hund, aber als sie sich dem Tier mit dem langen, dürren Körper näherte, veränderte sich der Lichteinfall. Die orangegelben Augen, die über der feinen, weiß-schwarzen Schnauze des Fuchses strahlten, erinnerten sie an einen Blitz. Sie beobachteten einander eine Weile, ohne sich zu rühren. Dann verschwand das Tier im Laubwerk, während sie noch immer unbeweglich dastand. In der Ferne hörte man das Rascheln und Knacken der gefrorenen Erde unter seinen Pfoten. Dann nahm sie hinter sich das Stapfen von Schuhsohlen wahr. Von rechts überholte sie eine schwarze Gestalt. Eine fleischige Nase hob sich von dem aufgedunsenen Gesicht ab, und an den Schläfen bildete ein Gebüsch aus dichten grauen Haaren eine Art Nest aus Asche. Der Mann trug einen weiten Anzug mit einem etwas aus der Mode geratenen Schnitt. Der fließende Stoff betonte das skelettartige Aussehen seines Körpers, und die breite Mütze mit dem steifen Schirm auf seinem Kopf bildete einen Kontrast zu den ovalen Gesichtszügen. Er ging vor Leni her, und seine langsamen und gemessenen Schritte schienen auf seltsame Weise seine Erwartung auszudrücken, dass sie ihm folgte. Sie erreichten das Ende des Pfads. Dort überragte ein breiter Spazierweg, der von einer Steinbalustrade eingerahmt wurde, den unteren Teil des Parks. Das Licht nahm ab, und die schwarzen Spitzen der großen Tannen schienen den Himmel zu berühren. Leni beobachtete den Mann, der nach einem kurzen Zögern auf der Bank mit einer perfekten Aussicht über den Park Platz nahm. Er hatte sich ganz an den Rand der Bank gesetzt, was sie als eine zuvorkommende Geste auffasste. Sie ließ sich neben ihm nieder und traute sich nicht, das Gesicht zu ihm umzudrehen, beobachtete lieber, was sich am Fuß des Hügels abspielte. Eine Gruppe Kinder, eingezwängt in Skianzüge, machte sich einen Spaß daraus, den mittleren Hang mit Schlitten hinunterzurutschen, während ihre Eltern unter einem Baum auf und ab hüpften, um sich aufzuwärmen. Es liegt doch noch gar nicht genug Schnee, und die Kinder machen sich am Ende der Piste nur mit Schlamm dreckig, dachte sie belustigt. Ein eisiger Wind erhob sich, gefolgt von einem schneidenden Schneeschauer, der das Gras und die Steine nach und nach unter sich bedeckte. Nach einer Weile verließen alle den Ort, und die Stille kehrte zurück.

»Wie lange ist unsere letzte Begegnung wohl her?«, fragte der Mann und schüttelte seine mit Schnee bedeckte Mütze aus.

Leni antwortete nicht, da sie es vorzog, mehr zu erfahren, bevor sie sich dazu äußerte.

»Sicherlich viel zu lange«, flüsterte er. »Man hat mir erzählt, dass du einen Architekten geheiratet hast.«

»Ja«, sagte Leni.

»Wie heißt er?«

»Ivan.«

»Ivan … Ist er Russe?«

»Nein, Deutscher.«

Der Mann wurde von einem heftigen Hustenanfall geschüttelt. Er zog ein Fläschchen aus der Innentasche seines Mantels. Als er den Deckel abschraubte, hing ein süßlicher Geruch nach Alkohol in der Luft, bevor er vom Wind weggefegt wurde. Es musste sich um einen Bourbon handeln. Er trank einen Schluck und bot die Flasche Leni an, die mit einem Kopfschütteln ablehnte.

»Hast du Zigaretten?«, fragte er und schraubte das Fläschchen zu.

»Ja.«

Sie zog eine Packung und ein Feuerzeug aus ihrem Mantel und beugte sich zu ihm. Mit den Fingerspitzen nahm er zwei Zigaretten heraus und zündete sie an, indem er die Flamme mit der hohlen Hand vor dem Wind und dem Schnee schützte. Dann reichte er eine an Leni weiter.

»Es ist schon lange her, dass ich das letzte Mal Schnee gesehen habe«, sagte der Mann. »Kommst du oft hierher?«

»Manchmal«, antwortete Leni und nahm selbst einen Zug.

»Ich langweile mich zurzeit sehr, das ist nichts für mich. Also laufe ich herum, um mir die Zeit zu vertreiben, aber ich habe den Eindruck, am Ende des Wegs angelangt zu sein.«

Leni spürte, wie die Asche ihr angenehm die Finger verbrannte.

»Dieser ganze Schnee erinnert mich daran, dass das vielleicht der richtige Moment ist, um hier Schluss zu machen«, sagte der Mann. »Was denkst du?«

»Ich denke gar nichts.«

»Was soll das heißen? Jeder denkt doch irgendwas. Selbst

diejenigen, die nicht denken wollen, können sich am Ende nicht dagegen wehren.«

»Na gut, sagen wir, ich versuche, nicht daran zu denken, dass ich denke.«

»Mädel, du bist vielleicht kompliziert!«

Sie lachten beide. Leni hatte den Flachmann ihres Vaters Christian wiedererkannt, weil darin eine Pusteblume eingraviert war, Rosas Lieblingsblume. Im Sommer, wenn die Parks in ihrem Viertel in gelbes, trockenes Gras gehüllt waren, nahm ihre Mutter sich immer die Zeit, sich in den Schatten eines Feigenbaums zu setzen, die Einkaufstasche neben sich abgestellt. Diesen einsamen, stillen Augenblick widmete sie ihren Träumereien. Seit Lenis Geburt vergeht die Zeit so schnell, überlegte sie nachdenklich, während sie die Samen der Pusteblumen wegblies. Den Kopf zum Himmel gewandt, beobachtete sie, wie die staubigen Wirbel der heißen Luft auf die Straße zogen, wo die Kinder Fahrrad fuhren. Die Sonne hatte ihre X-Beine innen an den Oberschenkeln und den Knien, die unter ihrem Kleid hervorschauten, verbrannt. »Zeit, heimzugehen«, sagte sie laut und hob ihre Tasche auf. Von der Küche aus sah ihr Mann zu, wie sie sich im Flur auszog und ihre Kleidung, die nach Schweiß und dem Patschuli roch, das sich auf ihrer Haut verteilt hatte, über die Truhe im Eingangsbereich warf. Dann legte sie sich sonnendurchflutet auf das Sofa im Wohnzimmer. Wenn er ihr abends mit der Hand durchs Haar fuhr, sah Christian, wie die weißlichen Pusteblumen über die blauen Laken in ihrem Schlafzimmer davonflogen. Er amüsierte sich über die Kindheitsgewohnheiten, die seine Frau wie ein Geheimnis hütete. Über dem Bett hing das Gemälde eines Küstenstrichs, das die Eheleute von Zeit zu Zeit betrachteten.

»Hast du Kinder?«, fragte der Vater.

»Nein«, sagte Leni und trat die Zigarette auf dem Boden aus.

»Willst du keine?«

»Vielleicht irgendwann.«

»Überleg lieber nicht zu lange. Auch wenn mir wahrscheinlich keine Zeit bleiben wird, sie kennenzulernen.«

Christian schlug den Kragen seines Mantels hoch. Eine feine Schneedecke hatte sich auf seine Wimpern gelegt.

»Ein Leben ohne Überraschungen führst du da«, sagte er in einem schulmeisterlichen Ton. »Langweilst du dich denn nie?«

»Mich langweilen? Nein, ich mache viele Dinge, weißt du. Morgens kümmere ich mich um die Blumen vor dem Haus, ich gehe raus und erledige die Einkäufe für das Mittagessen im …«

»Das sind doch alles nur Gewohnheiten«, unterbrach Christian sie schroff. »Ein x-beliebiger Alltagstrott. Erwartest du denn wirklich nicht mehr?«

»Nein«, sagte Leni und schüttelte den Kopf.

Christian schien schockiert über ihre Antwort.

»Nur du erwartest mehr.«

Leni hatte diese Worte mit einem seltsamen Tonfall ausgesprochen. Man hörte die Traurigkeit heraus, dass sie ihrem Vater nicht die erhoffte Antwort hatte geben können. Ja, Christian hatte sich immer nach einem besseren Leben gesehnt. Da er seine Chance, dem abzuhelfen, inzwischen verpasst zu haben glaubte, wollte er nun die unglücklichen Umstände in Erinnerung rufen.

Mit klarer Stimme begann er zu erzählen. Zuerst erklärte er, wie er seinen Eltern hatte beweisen wollen, dass er der beste Sohn war, den man sich nur wünschen konnte. Die Kindheit hatte ihm Glück und Erfolg beschert, aber mit den Jahren hatte er den Glauben an sein Versprechen verloren. Er war erst zum Dieb, dann zum Lügner und schließlich zum Rächer geworden, der die Seinen hinterging, ohne es im geringsten zu bereuen. Einsam, ohne einen Cent, glaubte er, in Rosa seine letzte Rettung gefunden zu haben. Doch auch da musste er mit ansehen, wie ihn das Glück nach einigen unvollkommenen Ehejahren durch seine eigene Schuld verließ. Ein treuloser und unehrlicher Ehemann, so beschrieb er sich selbst. Und dann fing das Trinken an. Ein Heilmittel wie jedes andere, redete er sich ein, während er durch die Kneipen zog. Eine Enttäuschung mehr, denn der Schnaps hatte ihm Grenzen auferlegt, über die er sich vorher nie Gedanken gemacht hatte. Eine Lebererkrankung fesselte ihn wochenlang ans Bett, ohne dass ihn jemals irgendwer besuchen kam. Nachdem er sich bei einem Streit mit seiner Frau furchtbar grausam verhalten hatte, reichte sie die Scheidung ein. Aus einem letzten Wunsch nach Vergebung überredete er sie zu einer weiteren Chance, und sie fuhren mit ihren beiden Kindern in den Urlaub raus aufs Land. Das war das letzte Mal, dass sie alle zusammen waren. Was sein Berufsleben anging, hatte Christian sich mit einer Reihe schlecht bezahlter Brotjobs begnügt, von denen einer mühsamer war als der andere.

»Für meine Arbeitgeber habe ich immer nur eine seltsame Mischung aus Abneigung und Aggressivität empfunden«, gestand er Leni. »Bei mir hat die Arbeit, die viele für so wesentlich für das menschliche Gleichgewicht halten, nur in Entlassungen, Demütigungen und nicht hinnehmbaren Schmerzen geendet. Das Kind, das ich einmal war, hat versagt«, stieß er schluchzend hervor.

Er hielt inne, sein Blick verlor sich in der Ferne. Leni hätte ihn gern getröstet, fühlte sich dazu aber außerstande. Lag es daran, dass ihr Vater während seiner Erzählung, ohne es zu wollen, mit keiner Silbe oder nur am Rande ihre Existenz oder die ihres Bruders Émile erwähnt hatte? Leni fühlte sich in einer widernatürlichen Gleichgültigkeit gefangen. Und doch schien sie sich kaum gegen diesen Zustand zu wehren, still beobachtete sie den Amselschwarm, der über ihren Köpfen tanzte.

»Ich wollte dich nur unbedingt noch einmal sehen, bevor ich gehe«, sagte Christian mit einem dünnen Lächeln auf den Lippen.

»Du gehst schon wieder?«, fragte Leni leise.

»Ich habe schon zu viel Zeit verloren, meinst du nicht?«

Keine Reaktion.

»Na komm. Gibst du mir noch eine Zigarette?«

Leni hielt ihrem Vater die Packung hin. Langsam zog er eine Zigarette heraus, steckte sie sich in den Mund und stand auf. Seine Schultern und sein Mantelkragen waren mit Schnee bedeckt. Er klopfte den Stoff aus und zog eine Grimasse, als er das eisige Wasser den Hals hinunterrinnen spürte. Versonnen blickte er in den Park hinunter, die Hände auf der Brüstung. Er verabschiedete sich von seiner Tochter, als erwartete er keine Antwort von ihr, dann stapfte er mit schweren Schritten davon. Hinter ihm zog feiner Nebel auf wie ein Schleier aus Sand. Man konnte noch seine Gestalt ausmachen, wie sie die Steintreppe hinunter in den Garten ging, und das Knirschen des Schnees unter seinen Schuhen hören. Leni erhob sich ebenfalls, um ihn zu beobachten, aber durch den dichten Schneenebel konnte sie keine genauen Umrisse mehr erkennen. Aus dieser Entfernung hätte man meinen können, der Mann flöge über den weißen Rasen und ließe die wellenförmigen Abdrücke seiner Sohlen hinter sich zurück wie einen langen schwarzen Perlenfaden. Christian blieb unter einer großen Tanne in der Mitte des Parks unbeweglich stehen.

Ein Schuss zerriss den Himmel. Dann noch einer. Die Vögel, die im Geäst Schutz gesucht hatten, flogen in alle Richtungen davon, und seine schwarze Gestalt sank langsam in den Schnee. Nichts regte sich mehr. Das Echo der zwei Detonationen verhallte nach und nach in der eiskalten Luft. Leni spürte ihr Herz heftig in der Brust pochen. Sie wollte gerade hinunter zu ihrem Vater gehen, als eine schwarze Gestalt auf der anderen Seite des Gartens auftauchte. Als hätte er wie ein Wächter neben einem Busch Stellung bezogen, setzte sich der Mann nun in Bewegung und ging auf den Körper zu. Als er in der Mitte des Parks angekommen war, hielt er kurz inne und kritzelte ein paar Notizen in sein Buch. Sein Blick wanderte zur Brüstung. Leni war schon verschwunden.

5

IVAN MÜLLERS RÜCKKEHR stand unmittelbar bevor. Doch die Freude auf ihr Wiedersehen, das Leni nicht hatte abwarten können, hatte sich getrübt. In der vorigen Nacht hatte sich ihr Zustand durch das Fieber ernsthaft verschlechtert. Mit vor der Brust gefalteten Händen, steifem und zitterndem Körper hatte sie den Himmel angefleht, dass man ihr zu Hilfe käme. Sie hatte ihren Vater um Verzeihung gebeten, hatte aber das Gefühl, dass er sie wegen ihrer Engherzigkeit und Empathielosigkeit schließlich doch zurückgewiesen hatte. Sie konnte das Offensichtliche jedoch nicht leugnen. Christians Erzählung, so schlimm sie auch gewesen sein mochte, hatte sie nicht berührt, nur zutiefst gelangweilt. Sie erkannte, dass sie ihm aus reiner Höflichkeit zugehört und dass die Schilderung seiner harten Prüfungen in ihr nichts als Gleichgültigkeit geweckt hatte. Sie dachte an dieses Gedicht, das ihr Mann ihr manchmal aufsagte: »Der Reiter und der Bodensee«. Der Schrecken vor dem eigenen Tod hatte ihn erst heimgesucht, als er begriffen hatte, dass das Eis unter seinen Schritten hätte brechen können. Doch sie selbst hatte weder Gefahr noch Tod gekannt. In ihrem trauten Heim, im Blütenweiß dieser ruhigen und wohltemperierten Tage, die sie an der Seite ihres Mannes verlebte, fühlte sich Leni fern von allen Qualen, die ihr Vater durchgemacht hatte. Wahrscheinlich wusste er schon, dass ihn das Treffen mit seiner Tochter nicht von seiner endgültigen Entscheidung abbringen würde. Auch wenn der Grund für sein Verschwinden undurchsichtig blieb, war Christian gestorben, so wie er gelebt hatte, in völliger Einsamkeit.

Bei Tagesanbruch war das Fieber wieder gesunken. Leni hatte endlich genug Kraft, um aus dem Bett zu steigen und ins Wohnzimmer zu gehen. Die Rückkehr zu einem friedlichen Leben an der Seite ihres Mannes ließ sie plötzlich wieder Hoffnung auf bessere Tage schöpfen. Natürlich würde sie ihm nichts von den Ereignissen während seiner Abwesenheit erzählen. Er hätte ohnehin nicht die Geduld, ihr zuzuhören, dachte sie, wahrscheinlich würde selbst er ihr zu verstehen geben, dass keine Lüge je seine Aufmerksamkeit hatte erregen können. Ivan Müllers Gelassenheit fehlte ihr mit Abstand am meisten. Und sein Gesicht. Als wäre er sein ganzes Leben lang von allem Unheil der Welt verschont geblieben. Sie trat zum Rauchen hinaus auf den Balkon. Es schneite kaum noch, vielleicht war es auch nur Regen. Als Leni einen Blick auf die Straße warf, stellte sie erleichtert fest, dass sich seit gestern nichts verändert hatte. Dieselben Gerüche nach nassem Asphalt und Tannenharz hingen immer noch über der Markelstraße. Eine Frau war mit einem Kinderwagen unterwegs. Daran war nichts Außergewöhnliches, wenn man einmal von dem langen knallroten Schal absah, den sie um den Hals trug und mit dem sie die Blicke aller vorbeigehenden Passanten auf sich zog. Er war aus einem weiten, grobmaschigen Wollstoff, den Leni schon im Schaufenster eines kleinen Ladens in der Kieler Straße gesehen hatte. Plötzlich kam ihr die Idee, ihrem Mann mit dem restlichen Geld ein Willkommensgeschenk zu machen, auch wenn sie wusste, dass diese Art von Initiative bei ihm für gewöhnlich nur auf verhaltene Begeisterung stieß. Egal, das spielt keine Rolle, dachte sie. Sie schlüpfte in Mantel und Schal, dann verließ sie, leichten Muts, weil sie endlich ein Ziel für diesen Tag gefunden hatte, die Wohnung.

Der Laden lag in einer Querstraße zur Schloßstraße, deren Kreuzung Leni am gelben Edeka-Schild an der Ecke erkannte. Direkt daneben aßen die Stammgäste an der Theke der Imbissbude Zur Bratpfanne, von der es hieß, dass man dort die beste Currywurst im Kiez bekam.

Als sie vor dem Laden ankam, bemerkte Leni eine kleine Menschenmenge vor dem Eingang der Rosenkranz-Basilika. Festlich in dunkle Farben gekleidete Gestalten unterhielten sich leise, man hörte das Wispern ihrer Worte durch die Schals. Leni blieb einen Moment unbeweglich auf der anderen Seite des Gehwegs stehen. Die Ankunft eines grauen Autos zerstreute die Menge, gleichzeitig tauchte ein Mann im Priestergewand auf dem Kirchenvorplatz auf. Zu seiner Rechten trocknete eine alte, schwarzgekleidete Dame die Tränen unter ihrem Spitzenschleier. Manche gingen auf sie zu, sprachen sie an und küssten sie auf die Wangen oder die Stirn, andere begnügten sich damit, ihr ein Lächeln zuzuwerfen, oder legten ihr große weiße Blumenkränze zu Füßen. Ein dunkler Holzsarg wurde von vier Männern im Anzug hinten aus dem Wagen gewuchtet. Unter ihnen erkannte Leni ihren Bruder Émile. Taumelnd klammerte sie sich an ein Verkehrsschild. Als der Priester das Kreuzzeichen über dem Sarg geschlagen hatte, betrat er gefolgt vom schweigenden Trauerzug die Basilika. Die Spaziergänger schlenderten weiter. Paare stritten und küssten sich, Kinder lachten, der Rhythmus des Lebens setzte nur noch stärker wie-

der ein, wie ein ewiger Reigen um ein schwarzes Loch. Diese
Wahrheit erfüllte Leni mit Schrecken. Als sie den Kopf wieder
hob, sah sie eine Dame mit graumeliertem Haar, die sich anschickte, die Kirchentüren zu schließen. Kopflos rannte sie zu
ihr und bat um Einlass. Die vorderen Bänke waren schon alle
besetzt. Der Sarg wurde feierlich durch den Mittelgang in den
Chorraum getragen. Die Männer setzten ihn behutsam ab.
Drei von ihnen, sicherlich Angestellte des Bestattungsinstituts,
zogen sich zurück, bevor der Priester das Wort an die Gottes-
dienstbesucher richtete. Émile hatte in der ersten Bank neben
der noch immer schluchzenden alten Dame mit dem ver-
schleierten Gesicht Platz genommen. Daneben saß eine Mutter mit ihren beiden Kindern, und zwei Alte näherten sich
dem Sarg, um ringsherum Kerzen anzuzünden. Leni entschied
sich für die letzte Reihe, aus der sie das Geschehen unbemerkt
beobachten konnte. Mit bedächtiger Stimme verlas der Priester Texte aus der Bibel, was die beiden quatschenden Frauen,
die vor Leni die Köpfe zusammensteckten, nicht zu rühren
schien. Die erste trug einen großen tannengrünen Tafthut, auf
dem sich die Satinbänder wie Tagliatelle ineinander verwickel-
ten. Die zweite hatte eine zierlichere Figur, aber ihr an den
Schultern ausgepolstertes Kleid und die Unmenge an Tüll um
ihre Taille verliehen ihr das Aussehen einer zerzausten Taube.
Beide sprachen mit einem seltsamen Akzent, wobei sie immer
das Wortende betonten.

»Wenn ich daran denke, dass ich ihn schon gekannt habe,
als er noch ganz klein war, der Arme, dass es so mit ihm enden
musste«, sagte die erste schnäuzend.

»Wusstest du, dass ihn Kinder gefunden haben?«

»Ach herrje …«

»Stell dir vor, die armen Kleinen haben ihn für einen Schneemann gehalten.«

»Na, also so was!«

»Pst … nicht so laut. Anscheinend waren sie gerade dabei, ihm das Gesicht zu dekorieren, als ihre Mutter sie entdeckt hat.«

Leni beugte sich zu den beiden Frauen vor, um zu lauschen.

»Ich habe gehört«, fuhr die erste fort, »dass seine arme Mutter nicht einmal die drei Tage Totenwache halten konnte. Du kannst dir ja vorstellen, was das für eine Tragödie für die arme Maria gewesen sein muss, wo sie doch so gläubig ist …«

»Das gibt's doch nicht«, flüsterte die zweite Frau. »Aber warum denn?«

»Na ja, seit seine Frau ihn verlassen wollte, hatte er ziemliche Probleme …«

»Woher weißt du denn, dass er Probleme hatte? Hat man dir was erzählt?«

»Toto, Ghislaines Mann, hat ihn morgens auf dem Markt gesehen. Besoffen wie ein Schwein. Und dann gab es da noch Gerüchte, dass er sich mit gewissen Leuten herumtrieb …«

Sie legte eine Pause ein, während die andere Frau die Ohren spitzte und auf die Fortsetzung wartete.

»Gauner waren das«, sagte sie schließlich.

»Also glaubst du, man hat …«

»Wer weiß? Ich höre nur, was man mir so erzählt, mehr nicht.«

Ihr Gespräch geriet einen Augenblick ins Stocken. Sie beteten im Chor: »Und das ewige Licht leuchte ihm. Lass ihn ruhen in Frieden. Amen.«

»Ich habe vorhin übrigens eine Frau gehört, die meinte, dass

Vater Arnoult nicht wollte, dass man den Leichnam bei der Totenwache sieht«, ergriff das zweite Klatschweib wieder das Wort.

»Ach ja, was war denn mit dem Leichnam?«

»Er hatte ein großes Loch im Kopf.«

»Mein Gott …«

Sie bekreuzigten sich.

»Man erzählt sich auch, dass der Priester Maria die Segnung verweigert hat, weil er sich nicht sicher war, ob das alles im Sinne Gottes wäre. Man weiß ja nur zu gut, was nicht im Sinne Gottes ist …«

»Wieso, was wäre denn nicht in seinem Sinne?«

»Na ja, überleg doch mal …«

»Unmöglich … Du glaubst, er hat sich selbst …«

»Wer weiß?«

Zwei Reihen weiter drehte sich ein Mann zu den beiden Frauen um und schnauzte sie an, sie sollten »endlich mal die Klappe halten«. Man hörte ein leises aufgebrachtes Murren, und mit einer abwinkenden Geste gaben sie ihm abfällig zu verstehen, dass er sich um seine eigenen Angelegenheiten kümmern solle. Ein Chor in Begleitung zweier Cellisten hatte sich vor dem Altar versammelt. Als die ersten Töne des *Stabat Mater* in der Kirche erklangen, spürte Leni eine tiefe Zerrissenheit in ihrer Brust. In ihren gefühllosen Beinen kribbelte es, unwillkürlich hatte sie sich auf die Gebetsbank gekniet. Sie blickte zum Gewölbe hoch, beeindruckt von so viel Schönheit. Sie sah die zwölf Apostel und die heilige Maria, Mutter der Kirche, in den Himmel steigen, umgeben von Engeln und Licht, und einen Augenblick wollte sie sich dieser Welt voller Frieden und Glanz hingeben. Die bunten Kirchenfenster verbreiteten ein schwaches blaurotes Licht. Sie ließ den Blick weiter über den heiligen Ort schweifen wie ein Reisender, der von einem Gipfel aus zum ersten Mal eine Alpenlandschaft bewundert. Hell und klar erhoben sich die Stimmen, als plötzlich ein grässlicher Schrei ertönte. Die versammelte Gemeinde schreckte auf, einige erhoben sich sogar. Die alte Dame in der ersten Reihe war auf dem Boden zusammengebrochen. Leni hatte noch nie zuvor ein derartiges Wehklagen gehört. In derselben Bank gestikulierte plötzlich eine Frau, als hätte sie etwas verloren.

»Wo ist meine Tochter?«, wiederholte sie und sah sich um. »Hat jemand meine Tochter gesehen?«

»Ich habe sie mit einem Jungen hinausgehen sehen!«, schrie ihr eine Stimme von weitem zu.

Leni versuchte, die Szene zu verfolgen, aber die Menge brauste und wogte hin und her wie ein von einer Sturmbö aufgepeitschter Tannenwald. Der Priester machte eine Ansage durch das Mikrofon und bat die Gläubigen, sich wieder ruhig hinzusetzen. Leni sah, wie Émile mit der alten, ohnmächtigen Dame auf dem Arm das Mittelschiff durchquerte. Als er an ihrer Bank vorbeiging, bemerkte sie ein Lächeln auf seinem Gesicht. Leni spürte einen heftigen Stich im Bauch. Während der Priester merkwürdig teilnahmslos anordnete, den Gesang wiederaufzunehmen, als wäre er erleichtert über die dramatische Wendung, die die Trauerfeier genommen hatte, beschloss sie, ihrem Bruder zu folgen, und verließ die Kirche.

Émile brach gerade auf. Nachdem er die Frau auf den Rücksitz verfrachtet hatte, knallte er die Autotür zu, setzte sich hinters Steuer und düste los. Leni lief ihnen hinterher, erst mit kleinen Schritten, dann stürzte sie sich von Verzweiflung gepackt Hals über Kopf auf die Straße. Sie schlug auf die Heckklappe, damit das Auto stehenblieb, rutschte dabei aber auf einer vereisten Stelle aus und wurde neugierig von den Verkäufern beäugt, die alarmiert von ihren Schreien aus den Läden gekommen waren. Als sie auf dem Boden lag, begriff sie, dass es vorbei war, und es fühlte sich an wie ein morgendliches Erwachen. Sie stand langsam auf und dachte dabei an nichts. Es fielen immer noch ein paar Schneeflocken. Die Straße war in eine seltsame, geheimnisvolle Stille getaucht. Sie richtete den Blick in den Himmel und verfolgte das weiße Pulver mit der gleichen Aufmerksamkeit, mit der man sich fragt, ob es draußen regnet oder nicht. Ihr gegenüber saß ein Mann auf den Treppenstufen eines Gebäudes und aß ein Sandwich, er schien sie zu beobachten. Sie erkannte den Kommissar Ziegler, der in seinen dicken schwarzen Parka eingemummt war. Sie sahen sich einen Augenblick an, bevor er zu ihr auf die andere Straßenseite herüberkam. Leni las Belustigung auf seinem Gesicht.

»Ich habe gesehen, wie Sie hinter dem Auto hergerannt sind«, sagte er. »Sie haben sich hoffentlich nicht wehgetan?«

Leni senkte beschämt den Kopf.

»Na, kommen Sie, Sie sind ja ganz durchgefroren«, wagte er einen neuen Vorstoß und streckte die Hand aus.

Sie wich zurück.

»Kommen Sie mit, ich lade Sie auf einen Kaffee ein.«

Ihr Argwohn machte es Leni unmöglich, zu antworten. Sie war sich nun sicher, dass er ihr seit ihrer ersten Begegnung folgte. Aber zu welchem Zweck? Was wollte er bloß über sie erfahren? War er wirklich der, der er zu sein vorgab? Trotz ihrer Zweifel dachte sie, dass es an der Zeit war, herauszufinden, was Ziegler im Schilde führte. Schließlich konnte es sich ja ebenso gut um ein Missverständnis handeln, die Ermittlung, für die er verantwortlich war, hatte ihn vielleicht einfach auf eine falsche Fährte geführt. Sie folgten der Straße zurück in Richtung Schloßstraße, und als sie an dem Stoffladen vorbeikamen, dachte Leni verdrossen, dass sie nun keine Lust mehr hatte, nach einem Geschenk für ihren Mann zu suchen, sie setzte ihren Weg fort. Wie sie so Seite an Seite durch die Fußgängermenge gingen, ähnelten sie diesen alten Paaren, deren Spaziergänge dem Takt der Stille folgen. Während Leni ihn aus den Augenwinkeln beobachtete und nach einem Detail suchte, das ihr Aufschluss über seine Absichten geben würde, drehte Ziegler den Kopf zu ihr um und überraschte sie. Leni beschleunigte ihren Schritt und ließ ihn ein Stück hinter sich zurück. Ziegler sagte, er würde sie gern in ein Café in der Nähe des S-Bahnhofs Feuerbachstraße einladen, in dem er regelmäßig verkehrte. Dort bekam man bis drei Uhr nachmittags Frühstück serviert und konnte ungestört Zeitung lesen. Vom Walther-Schreiber-Platz aus bogen sie rechts in die Schöneberger Straße ein, um zum Café zu gelangen, dessen Terrasse sich an der Ecke zur Holsteinischen Straße befand. Ein Kellner mit roter Schürze rauchte eine Zigarette auf der Vortreppe. Als er Ziegler näher kommen sah, ging er ihm entgegen, drückte ihm wie einem alten Freund die Hand und bat ihn herein ins Warme. Es war nicht viel los. Eine hohe, mit roten und goldenen Kugeln dekorierte Tanne glitzerte in einer Ecke des Lokals. Der Raum war in ein warmes, beruhigendes Licht getaucht. Der Duft nach gemahlenem Kaffee, der im Zimmer hing, hatte eine besänftigende Wirkung auf die Gäste. Eine blonde junge Frau kam vom Tresen auf sie zu und führte sie an einen Tisch im hinteren Teil.

»Zweimal das gemischte Frühstück und zwei Espressi«, sagte Ziegler mit heiterer Stimme und hängte seinen Parka über die Stuhllehne.

»Für mich nur einen Kaffee«, berichtigte ihn Leni schroff.

»Und noch zwei Croissants.«

Über das Gesicht der Kellnerin huschte ein amüsiertes Lächeln, sie nahm die Speisekarte und entfernte sich. Am Nachbartisch las ein Mann Zeitung, zu seinen Füßen lag ein Dackel. Etwas weiter unterhielten sich zwei Frauen leise miteinander, wahrscheinlich Mutter und Tochter. Leni betrachtete durch das Fenster die lange Warteschlange vor dem Copyshop gegenüber der Terrasse.

»Wie geht es Ihnen, seit wir uns das letzte Mal gesehen haben, Leni?«, fragte Ziegler. »Sie sehen ein bisschen blass aus.«

»Mir geht es sehr gut, danke«, antwortete sie mit zugeschnürter Kehle.

»Ihr Mann fehlt Ihnen bestimmt. Wann kommt er denn zurück?«

»Er wird morgen Vormittag wieder zu Hause sein.«

»Sind Sie sich da sicher?«

»Natürlich.«

Ziegler warf einen Blick auf die Zeitung des Mannes am Nebentisch.

»Ivan Müller genießt einen ausgezeichneten Ruf«, sagte er. »Vor allem seit er dieses Bauprojekt auf Rügen unter sich hat.«

Als er die Beunruhigung auf Lenis Gesicht sah, fügte er hinzu:

»Ich lese nur die Zeitung wie alle anderen auch.«

Leni stimmte murmelnd zu.

»Rügen ist eine schöne Insel«, meinte Ziegler. »Warum haben Sie Ihren Mann denn nicht begleitet?«

»Ich hätte mich nur gelangweilt.«

»Das ist sicher nicht leicht, an der Seite eines so gefragten Mannes seinen Platz zu finden, oder?«

»Darüber reden wir nicht.«

»Ach so … Das vereinfacht die Sache natürlich ungemein. Ich dachte mir nur, dass sich eine Frau heutzutage doch nicht mehr damit begnügt, ihrem Mann zu gefallen, sondern auch Anerkennung für ihre eigenen Fähigkeiten bekommen möchte. Geht es Ihnen nicht so?«

»Nein, das trifft auf mich nicht zu.«

Stille. Ziegler knöpfte die obersten Knöpfe seiner Weste auf.

»Ich habe Sie gestern im Ruth-Andreas-Friedrich-Park gesehen. Ein schöner Ort zum Spazierengehen, finden Sie nicht auch?«

Ohne eine Antwort abzuwarten, fuhr er fort, während er eine Serviette auf seinem Schoß auffaltete:

»Sagen Sie, Leni, können Sie mit dem Namen Christian Le Gall etwas anfangen?«

»Nein.«

»Sind Sie sich da ganz sicher?«

»Ja.«

»Wir haben die Leiche eines Mannes mit diesem Namen gefunden. Er lag im Schnee, als ich dort ankam.«

Leni spürte, wie ihr Herz schneller schlug.

»Offenbar gibt es eine Verbindung zu dem Fall, mit dem ich mich seit einigen Monaten beschäftige. Zu dem ich Sie damals bei unserer ersten Begegnung befragt habe, wegen der Schüsse. Erinnern Sie sich?«

Die Kellnerin unterbrach das Gespräch und stellte zwei randvoll mit Gebäck beladene Platten auf den Tisch. Leni trank einen Schluck Kaffee. Ziegler beobachtete sie mit einem Lächeln auf den Lippen.

»Glauben Sie an Gott, Leni?«, fragte er und blies in seine dampfende Tasse.

»Nein.«

»Warum sind Sie dann in die Kirche gegangen? Erzählen Sie mir nicht, dass Sie zu diesen Schaulustigen gehören, die an Beerdigungen teilnehmen, ohne die Verstorbenen überhaupt gekannt zu haben.«

»Schon möglich.«

Ziegler lachte los. Leni nutzte diese Nachlässigkeit, um zu fragen:

»Und warum folgen Sie mir eigentlich überallhin durch die ganze Stadt?«

Überrascht von ihrer Unverfrorenheit neigte der Mann lächelnd den Kopf.

»Ich finde Sie sehr interessant, ob Sie es glauben oder nicht.«

Er hielt einen Augenblick inne, dann fuhr er mit ernsterer Stimme fort:

»Sie sind anders als die anderen Frauen, denen ich hier begegnet bin. Schauen Sie sich da draußen doch mal um«, sagte er und deutete mit dem Finger zum Fenster.

Leni drehte den Kopf zur Seite.

»In meinem Beruf erfährt man viel über eine Person, indem man beobachtet, wie sie sich auf der Straße bewegt«, erklärte Ziegler. »Sehen Sie die Frau dort drüben mit der blauen Mütze?«

»Ja.«

»Ich wette zehn Euro mit Ihnen, dass sie gerade auf dem Weg zum Arzt ist.«

»Wirklich?«, fragte Leni spöttisch.

»Sie putzt sich die Nase, geht zügig und hält ihre Tasche fest umklammert, weil sie spürt, dass sie sich in diesem Zustand nicht wehren könnte.«

»Sie haben doch keine Ahnung.«

»Das stimmt. Es handelt sich nur um eine innere Überzeugung, wie man bei uns zu sagen pflegt. Doch mich macht etwas ganz anderes nervös als die Möglichkeit, dass ich mich bei dieser Frau täuschen könnte.«

Er legte eine Pause ein, bevor er fortfuhr, wobei er mit dem Gesicht näher an Leni heranrückte:

»Mich bringt vielmehr in Verlegenheit, dass ich, anders als bei dieser Frau, in Bezug auf Sie überhaupt keine Gewissheit habe, Leni.«

Sie starrten sich schweigend an.

»Wonach suchen Sie?«, fragte Ziegler.

»Ich suche nichts«, entgegnete Leni mit angestrengter Stimme.

»Jeder ist doch auf der Suche nach irgendetwas, warum sagen Sie mir nicht, was Sie bekümmert? Ich kann Ihnen helfen.«

»Lassen Sie mich in Ruhe, damit wäre mir schon geholfen.«

»Haben Sie vor irgendetwas Angst? Vor Ihrem Ehemann vielleicht?«

»Vor Ihnen!«

»Ach, kommen Sie, das meinen Sie doch nicht ernst. Warum sollte ich Ihnen denn etwas zuleide tun?«

Leni sprang mit einem Satz auf und schlüpfte in den Mantel.

»Bitte bleiben Sie doch«, sagte Ziegler und nahm ihre Hand. »Verzeihen Sie.«

Misstrauisch setzte sich Leni wieder.

»Sie erinnern mich an jemanden, den ich früher einmal gekannt habe«, sagte er, das Gesicht zum Fenster gewandt. »Sie machte denselben traumverlorenen Eindruck und spazierte stundenlang durch die Straßen wie ein vom Wind verwehtes Blatt. Wenn man sie fragte, wonach sie suchte, antwortete sie dasselbe wie Sie: ›Ich suche nichts.‹ Doch die anderen wollten ihr nicht glauben, überzeugt davon, dass sich hinter ihrem seltsamen Verhalten ein Geheimnis verbarg. Ich habe dieses Mädchen sehr gemocht.«

Er schwieg einen Moment, in Gedanken versunken. Dann nahm er das Gespräch wieder auf:

»Diese Stadt ist gefährlicher, als sie scheint, Leni. Ich will nicht, dass Ihnen etwas zustößt.«

Ziegler zog ein orangefarbenes Heft aus dem Mantel.

»Wenn Sie irgendetwas brauchen, können Sie mich unter dieser Nummer erreichen«, sagte er und kritzelte etwas aufs Papier.

Er riss das Blatt heraus und reichte es Leni.

»Das werde ich nicht brauchen. Mein Mann kommt morgen nach Hause.«

»Bitte, Leni, nehmen Sie die Nummer.«

Sie willigte schließlich ein und nahm den Zettel. Ziegler stieß einen Seufzer der Erleichterung aus. Er leerte den Kaffee, zog den Mantel an und legte ein paar Scheine auf den Tisch. Leni verstaute die Nummer in einer Tasche ihres Kleids. Als sie aufsah, war der Mann verschwunden.

6

LENI SAH, DASS die Sonne an diesem Morgen schien, und fasste das als gutes Zeichen auf. Ivan Müller würde wieder in der Stadt sein, und der blaue, wolkenlose Himmel verkündete das Ende der schlechten Tage. Während sie vor dem Spiegel im Schlafzimmer saß, spürte sie das Glück einer wiedergefundenen friedlichen Existenz. Nachdem sie ihr Haar zu einem Knoten festgesteckt hatte, puderte sie sich das Gesicht und zog mit grünem Eyeliner am unteren Augenlid einen Strich nach. Mehr als zufrieden mit dem Ergebnis, war sie dennoch seltsam enttäuscht, als sie ihr Spiegelbild vor sich sah. Unter der Schminkschicht schien ihre Haut an einigen Stellen Risse zu bekommen, und es bildeten sich kleine Rillen von der Nase bis zur Stirn wie die gefirnissten Fragmente eines Ölgemäldes, das man dem Zahn der Zeit überlassen hatte. Das ist nur die Müdigkeit, sagte sie sich, als sie ins Wohnzimmer ging. Ivan Müller würde bestimmt gern den Duft des Holzofenfeuers riechen, wenn er nach Hause kam. Daher hatte Leni am Vorabend Kaminholz aus dem Keller geholt. Sie schichtete die Scheite mit Zeitungspapier im Ofen auf, zündete ein Streichholz an, und nach und nach stiegen die Flammen nach oben in den Rauchabzug und verbreiteten im Zimmer eine beißende, trockene Hitze.

Die Wanduhr schlug elf Uhr. Ivan hatte nicht angerufen, um seine Frau über die Ankunftszeit des Zugs in Kenntnis zu setzen. Kein Grund zur Sorge, wahrscheinlich ist es nur wieder eine der üblichen Verspätungen auf der Strecke, beruhigte sie sich. Sie blieb einen Moment reglos auf dem Sofa sitzen und beobachtete aus dem Augenwinkel das Telefon auf der Anrichte. Zieglers Worte gingen ihr nicht mehr aus dem Kopf. Seine Warnungen ergaben überhaupt keinen Sinn. Wer sollte ihr in dieser Stadt etwas verübeln? Ihr, die sie in all den Jahren immer darauf geachtet hatte, bloß keine Freundschaft, keine Zuneigung zu hegen, sich nie auf ein Wort oder eine Diskussion zu viel mit den Nachbarn einzulassen. Leni konnte noch so sehr ihr Gedächtnis durchforsten, sie kam immer wieder zum selben Schluss. Nie hatte ihr Ruf bei jemandem Schaden genommen. Abgesehen davon konnte sie nicht leugnen, dass ihr die Stadt in letzter Zeit wie ein Minenfeld vorkam. Der Wohnzimmertisch war mit den Ausgaben der *Welt* bedeckt, die Leni jeden Morgen vom Treppenabsatz aufgehoben hatte und die wegen der Abwesenheit ihres Mannes noch perfekt gefaltet dalagen. Große Titel in Blockschrift, Spalten voller nicht enden wollender Wörter, Fotos, mit denen sie nur vage etwas anfangen konnte. Ihr Blick schweifte ab zum Fenster. Einige Leute spazierten durch die Einkaufsstraßen, andere träumten sich woandershin, streckten das Gesicht den ersten Sonnenstrahlen entgegen. Die in der Stadt unterdrückte Natur fügte sich still in ihr Schicksal. Regungslos wie der in der kleinen Grünanlage eingepflanzte Baum, der seine Äste bereitwillig den Kindern des Viertels darbot. Die Fenster ähnelten diesen kleinen Marionettentheatern, zu denen sie ihre Mutter sonntagnachmittags immer mitgenommen hatte. Dort sah man das

Weinen von Kindern, die Brutalität eines Schlags, den flüchtigen Kuss eines Geliebten, die Gleichgültigkeit eines Ehemannes, das Lachen zweier an einem Tisch sitzender Freundinnen. Auf den überfüllten Gehwegen der Schloßstraße begegnete man genauso vielen Gesichtern wie Spiegeln seiner selbst. Was mochten diese Leute Tag für Tag schon anderes tun als sie? Sie lebten. Nur das konnten sie mit Gewissheit sagen. Sicherlich gab es Gesichtszüge, die nicht täuschten, Masken mit schlimmeren Qualen, Kinder mit zu dürren Beinen, Frauen mit weniger Eifer, leere Geldbeutel an den Kassen, in denen man mit den Fingern kramt, bis die Nähte platzen. Leni hatte einfach aufgehört, sich Gedanken über die Welt zu machen, und zog es vor, sie so zu beobachten, wie sie war, und nicht, wie sie sein könnte.

Die Stunden vergingen langsam. Die Sonne sank. Als sie auf dem Balkon saß, legte sich ein letzter Lichtstrahl auf ihre Hand, bevor er ganz verschwand. Die Nacht senkte sich über die Stadt. Man hörte das Toben des eisigen Winds, der über die am Straßenrand geparkten Autos streifte. Schon bald war die Wohnung in Dunkelheit getaucht. Ein seltsamer heller, bläulich schimmernder Schein ging von den Fenstern aus. Im Kamin tat die Glut ihren letzten Atemzug, und ein Duft nach verbrannter Kiefer hing im Zimmer. Leni spürte, wie der Schlaf sie mitriss. In der Asche des kleinen Feuers erregten zwei rötliche Kieselsteine ihre Aufmerksamkeit. Das Glühen wurde immer wieder unterbrochen, als würden sie nach Luft schnappen. Eine graue, fast weiße Wolke hatte sich über der Asche gebildet und stieg spiralförmig empor. Dabei musste sie seltsamerweise an den Atem eines alten Mannes im Winter denken. Leni trat ein paar Schritte vor, um es sich aus der Nähe anzusehen. Das

Grauen sprang ihr förmlich ins Gesicht, als sie glaubte, mitten in den Verwüstungen des Feuers zwei glänzende, in der Asche feststeckende Pupillen zu erkennen. Sie schrie so laut auf, dass sie das Gleichgewicht verlor und mit dem Schädel an die Kante des Kaminofens stieß. Die Asche brannte heftig in ihrem Nacken, und die Dunkelheit wurde von einem Blitz durchbrochen. Leni wehrte sich gegen die blendende Helligkeit, ihre Augen wurden von dem höllischen weißen Licht ausgeglüht, das sie wie ein Pfahl durchbohrte.

Die Klingel an der Wohnungstür ließ sie hochschrecken. »Ivan!«, hörte sie sich rufen. Mit einem Satz sprang sie vom Sofa auf, richtete sich eilig die Frisur, strich ein paar Falten auf ihrem Rock glatt und rannte in den Flur, um die Tür zu öffnen. Eine Gestalt erschien auf dem Treppenabsatz, der nur schwach von einer weiter unten an der Treppe angebrachten Wandleuchte erhellt wurde. Die Asche einer Zigarette glühte im Dunkeln. Der Mann näherte sich Schritt für Schritt der Tür, und sie erkannte die Gesichtskonturen ihres Bruders, die sich im Halbschatten abzeichneten. Er rührte sich nicht. Ein Anfall von Entsetzen ließ sie zurückweichen.

»Kann ich reinkommen?«, murmelte er.

»Mein Mann wird bald zurück sein«, sagte Leni und versuchte, ihre Angst in Schach zu halten.

»Ivan wird nicht kommen.«

Als sie versuchte, die Tür zu schließen, setzte ihr Bruder den Fuß in den Spalt.

»Ich will nur mit dir reden«, sagte Émile in einem gespielt freundschaftlichen Ton.

In die Falle gelockt, blieb Leni nichts anderes übrig, als diesen beunruhigenden Besuch zu empfangen, und sie trat zur

Seite, um ihn hereinzulassen. Kaum hatte ihr Bruder einen Fuß in die Wohnung gesetzt, machte sein herzliches Verhalten einer eisigen Ironie Platz:

»Hier lebst du also«, sagte er und ging versonnen den Flur entlang. »Ich wusste gar nicht, dass das Bauen von Schwimmbädern so viel abwirft.«

Leni schwieg und folgte ihm vorsichtig durch die Wohnung. Er blieb vor einem an der Wand hängenden Bild stehen.

»Ist das echt?«, fragte er und drückte die Nase an den Rahmen.

»Ich denke schon.«

Émile fuhr mit der Fingerspitze über den goldenen Rand, als wollte er Staub abwischen, dann starrte er Leni einen Augenblick an, bevor er ins Wohnzimmer weiterging. Aufmerksam inspizierte er das Zimmer. Sein Rundgang wurde von spöttischen Pfiffen und sarkastischen Bemerkungen über die Einrichtung begleitet, deren geheuchelte Schlichtheit seiner Ansicht nach von schlechtem Geschmack zeugte, wenn man den Reichtum seines Besitzers bedachte. Plötzlich hatte Leni das seltsame Gefühl, dass sie halb schlafend vor sich hin trieb. Mit trockenem Hals beobachtete sie die Bewegungen ihres Bruders mit einer diffusen Mattigkeit, als wäre nichts, was ihr passieren könnte, von Bedeutung. Émile nahm auf dem Sessel gegenüber dem Kaminofen Platz.

»Du hast sogar extra ein Feuer für deinen Mann gemacht, das ist ja nett …«

»Ja«, sagte Leni und starrte verloren ins Leere.

Angesichts der Traurigkeit seiner Schwester wagte sich der Bruder aus der Deckung.

»Ivan ist nicht der richtige Mann für dich. In seinen Augen

bist du nicht mehr wert als eine dieser Nippesfiguren aus Kristall. Warum bleibst du bei ihm?«

»Ich liebe meinen Mann.«

»Nein, du liebst nur den Komfort, den er dir bietet. Das Geld, die Ruhe, dein kleines Feuer im Ofen, wenn du strickst. Du schmeichelst doch nur deinem Egoismus, indem du bei ihm bleibst!«

Er schwieg einen Moment, dann fuhr er, deutlich wütender, fort:

»Schau doch mal, in was für einem Überfluss du lebst! Einige Leute da draußen haben nicht mal was, um sich aufzuwärmen. Ich wette, daran denkst du gar nicht …«

»Das ist meine Wohnung.«

»Sie gehört deinem Mann, das ist ein kleiner, aber feiner Unterschied. Du selbst besitzt gar nichts. Es wird Zeit, dass du dir darüber klar wirst.«

Leni hörte ihm zu, reglos ans Fenster gelehnt. Sie blickte nach unten auf die Straße, ein Kind wechselte mit dem Roller auf den anderen Gehweg.

»Ich beobachte dich schon eine Weile«, redete Émile weiter. »Beunruhigt dich dieses spießbürgerliche Leben, das du führst, ohne dass du dich um irgendwas oder irgendwen scherst, etwa nicht?«

»Ich verstehe nicht, was du meinst«, stammelte Leni.

»Würde ich dich nicht kennen, würde ich dich garantiert für eine Verrückte halten.«

»Eine Verrückte!«

»Na und ob! Du irrst ziellos durch die Straßen, du geisterst ohne Geld durch Cafés, führst Selbstgespräche mit fiebriger Stirn, ignorierst die Leute und kriegst es sofort mit der Angst zu tun, sobald dich jemand anspricht. Ich meine, hast du eigentlich eine Ahnung, was der Typ im Kiosk dich letztes Mal gefragt hat, als ich dir aus der Klemme geholfen habe?«

Leni begnügte sich damit, den Kopf zu schütteln.

»Eine Tüte!«, schrie Émile und zeigte mit dem Finger auf seine Schwester. »Er wollte nur wissen, ob du eine Tüte für deine Einkäufe möchtest. Durch deine Unfähigkeit, ihm eine klare Antwort zu geben, hat der arme Mann das letzte bisschen Beherrschung verloren, das ihm noch geblieben ist, dabei ist er ohnehin schon angeschlagen, weil sein Geschäft so schlecht läuft! Wenn ich nicht in diesem Moment hereingekommen wäre, hättest du wahrscheinlich in einer Tüte geendet!«

Stille.

»Du lebst in einer Scheinwelt. Wozu in Gottes Namen hast du eigentlich diese ganzen Zeitungen?«

»Ich lese sie nicht, die gehören Ivan. Ich hebe sie für seine Rückkehr auf.«

Émile stand auf und fuhr mit ruhigerer Stimme fort:

»Hör zu, Leni … Gestern Abend habe ich einen Anruf von deinem Mann erhalten.«

»Ivan!«, rief sie und sank auf die Knie. »Was hat er denn gesagt? Bitte, wenn ihm etwas zugestoßen ist, will ich es wissen!«

»Er hat gesagt, dass er nicht nach Hause kommt, dass er lieber in Prora bleiben will.«

»Das kann nicht sein«, murmelte Leni.

»Er will dich nicht mehr sehen, Leni, es ist aus.«

»Du lügst doch!«

»Was hätte ich denn von dieser Geschichte? Er hat bestimmt einfach eine andere Frau kennengelernt und hat sich nicht getraut, es dir selbst zu gestehen.«

»Das würde Ivan niemals tun. Er lügt mich nie an.«

»Sag vielleicht eher, er spricht nie mit dir.«

Émile legte eine Pause ein, bevor er gehässig hinzufügte:

»Er weiß eben, dass du sowieso kein einziges Wort von ihm verstehen würdest.«

Doch Leni hörte ihrem Bruder nicht mehr zu, ihr Verstand arbeitete auf Hochtouren. Das kann nicht stimmen, dachte sie. Was konnte sie so Schlimmes getan haben, dass er sie derart brutal verstieß? Diese Geschichte ergab überhaupt keinen Sinn, Ivan wäre doch gar nicht imstande zu solchen Machenschaften. Émile schwieg, hörte dem Gemurmel seiner Schwester zu, ruhig und verständnisvoll wie ein Arzt im Umgang mit einer Patientin. Er trat näher und beugte sich zu ihr hinunter.

»Du kannst hier nicht bleiben, Leni. Du musst gehen.«

»Gehen? Aber … aber wo soll ich denn hin?«

»Ich kenne eine Pension, in der du unterkommen kannst, bis sich die Lage beruhigt hat.«

»Aber ich lebe doch hier! Warum sollte ich weggehen?«

»Dein Mann will, dass du die Wohnung verlässt. Er hat mir keine wirklichen Gründe genannt, aber ich nehme an, dass er bei seiner Rückkehr nicht allein sein wird.«

Leni spürte einen brennenden Schmerz in der Brust. Mit Tränen im Gesicht umklammerte sie die Beine ihres Bruders und bat ihn flehend um Hilfe. Was sollte nur aus ihr werden, allein in dieser Stadt, ihrer Existenz beraubt, ohne Geld, der Menge zum Fraß hingeworfen?

»Ach, komm schon«, sagte Émile und fasste sie am Arm. »Du solltest dich freuen! Dieser Kampf, der dir jetzt bevorsteht, das ist doch die Gelegenheit, auf die du schon nicht mehr gehofft hast.«

Leni sah ihren Bruder mit großen Augen an.

»Das verstehe ich nicht.«

»Das ist deine Chance!«

»Was soll daran eine Chance sein, wenn man alles verliert?«

»Überleg doch mal. Die Untreue deines Mannes mag ja furchtbar sein, aber jetzt kannst du diese Welt, die du so fürchtest, endlich kennenlernen. Du wirst dem Elend und dem täglichen Drama der Leute begegnen. Du wirst dich dem Schmerz und dem Glück deiner Erinnerungen stellen müssen, und letztlich wird dich dieser Weg, vor dem du solche Angst hast, frei machen.«

»Frei?«

»Freier als irgendwen sonst auf dieser Erde.«

»Ich werde weit weg von hier sterben.«

»Du unterschätzt dich, Leni.«

»Ich flehe dich an, lass mich nicht im Stich. Ruf Ivan an und sag ihm, dass ich alles mache, was er will! Dass ich hier mein ganzes Leben lang auf ihn warte, wenn es sein muss!«

»Ivan kann nichts für dich tun. Du bist jetzt auf dich allein gestellt.«

Leni heulte vor Schmerz auf und ließ sich auf die Seite fallen. Ihr Bruder ging um den Kaminofen herum und stocherte mit einem glimmenden Holzstück in der fast erloschenen Glut. Da erhob sich Leni mit einem Satz, als hätte sie gerade die Lösung für ihr Unglück gefunden.

»Wenn du dich weigerst, rufe ich ihn selbst an.«

»Er wird nicht rangehen.«

»Das werden wir ja sehen.«

»Na los, nur zu!«, rief er ermattet.

Leni ging zum Telefon, hob den Hörer ab und tippte hektisch die Nummer ihres Mannes. Früher wäre es ihr nie in den Sinn gekommen, ihn wegen ihrer Befindlichkeiten zu stören. Pflegte er nicht selbst zu sagen, dass man sich nie von der Leidenschaft eines Wutanfalls mitreißen lassen dürfe? Angesichts meiner Lage habe ich nichts mehr zu verlieren, dachte sie. Meine Würde? Meine Ehre? Dieser Gedanke erschien ihr so absurd, dass sie in ein nervöses Lachen ausbrach, gefolgt von einem heftigen Schluckauf. Das seltsame Gefühl verflog, als sich der Anrufbeantworter ihres Ehemannes einschaltete. Erschlagen von ihrer Ohnmacht, wurde ihr plötzlich bewusst, dass sie nicht die richtigen Worte finden würde, und sie legte langsam den Hörer auf.

»Ich kann nicht …«

Über Émiles Gesicht huschte ein Lächeln.

»Das habe ich mir gedacht. Pack ein paar Sachen zusammen, es ist bald Nacht.«

Leni beobachtete Émile einen Augenblick stumm, während er eine kleine Holzkiste aus einer Schublade herausholte.

»Und wenn ich mich weigere?«, fragte sie stolz.

Mit den Ellbogen auf das Möbelstück gestützt, nahm Émile eine Zigarre aus der Kiste und zog sie schnuppernd unter der Nase entlang.

»Ich glaube nicht, dass das eine Option ist«, sagte er und schnitt die Spitze der Zigarre ab.

»Wer sagt mir, dass du nicht lügst? Ich könnte genauso gut abwarten, bis Ivan zurückkommt und mir bestätigt, dass diese ganze Geschichte tatsächlich stimmt.«

Die Dreistigkeit seiner Schwester schien Émile zu belustigen, auch wenn sich auf seinem verzogenen Gesicht allmählich eine Verärgerung abzeichnete, deren Auswirkungen nicht lange auf sich warten lassen würden. Er nahm im Sessel Platz und zündete sich die Zigarre an. Ein Rauchring verbarg sein Gesicht.

»Erzähl mir, was du mit diesem Bullen getrieben hast!«

»Ich weiß nicht, von wem du sprichst.«

»Lüg mich nicht an, ich habe euch gestern im Café gesehen. Also, worüber habt ihr gesprochen?«

»Nichts, was dich etwas angeht.«

»Wirklich? Den Eindruck hatte ich aber nicht. Er quetscht dich über mich aus, hab ich recht?«

Sein Gesicht verriet eine starke Erregung, die er sofort unterdrückte.

»Nein, warum? Hast du dir denn was vorzuwerfen?«, entgegnete Leni provokativ.

»Wahrscheinlich eine ganze Menge«, sagte Émile und nahm einen Zug. »Ich habe nur das Gefühl, dass ich diesem Typ schon mal irgendwo begegnet bin, aber ich erinnere mich nicht mehr, wo. Du hast ihn nie gesehen, bevor er hier aufgekreuzt ist?«

»Nein, noch nie.«

Als vor ihren Augen eine glänzende Waffe aufblitzte, die an die Taille ihres Bruders geklemmt war, spürte Leni ihr Vertrauen schwinden. Triumphierend hatte Émile mit einem Lächeln auf den Lippen seinen Mantel umgeschlagen.

»Jetzt pack deine Tasche«, sagte er und sank in den Sessel.

Niedergeschlagen und ohne ein Wort ging Leni ins Schlafzimmer. Nach einigen Minuten kehrte sie zurück, am Arm eine kleine Ledertasche mit ein paar warmen Kleidungsstücken. Émile stand vor der Konsole im Wohnzimmer. In seiner Hand bemerkte Leni den Umschlag mit dem wenigen Geld, das ihr noch blieb. Die qualmende Zigarre zwischen den Zähnen, steckte er den Umschlag in die Jackentasche und sah seine Schwester zufrieden an. Bevor sie ging, reichte er ihr einen an den Rändern abgerissenen Zettel, auf dem in großen Buchstaben eine Adresse und ein Name standen.

»Das sind anständige Leute«, sagte er. »Sie werden dir helfen, für die ersten Nächte einen Platz zum Schlafen zu finden, als Gegenleistung für ein paar Dienste in ihrem Betrieb.«

Leni lehnte kopfschüttelnd ab, woraufhin er mit einer unwirschen Geste ihre Hand nahm, sie öffnete und den Zettel hineinsteckte.

»Die Welt wartet auf dich, Leni. Freiheit gewinnt man nur mit Mut.«

7

LENI STREIFTE IM Viertel herum, ohne zu wissen, wo sie hin-
sollte. Der Horizont glich nur noch einer großen finsteren
Ebene, einer Wüste, aus der kein Weg herausführte. Es fiel
feiner Schnee, aufgewirbelt von einem eisigen Wind, der ihr
durch die Strumpfhose wie Nadeln in die Beine pikste. Nur die
dicke Wolle ihres Mantels bot ihr noch Schutz vor der Kälte. In
der Ferne hörte sie Schreie, Sirenen und alle möglichen Klagen
widerhallen wie im Inneren einer Zelle. Sie wusste nicht mehr,
wie viel Zeit vergangen war, seit ihr Bruder sie aus ihrem Zuhause gejagt hatte. Eine Stunde? Drei Stunden? Es war schon
Nacht geworden. Das Fieber und der Schlaf schwebten dro-
hend über ihrem Kopf wie ein Bienenschwarm, und sie konnte
an nichts anderes denken als daran, einen Unterschlupf zum
Ausruhen zu finden. Die Straße war verlassen und nur spärlich beleuchtet. Sie sah ein paar Gestalten unter den Vorbauten
auftauchen, die sogleich wieder in die Helligkeit einer offenen
Tür flüchteten. Verloren in dieser früher so vertrauten Umgebung, hatte sie das Gefühl, in einem Labyrinth festzustecken,
das sich ihr kranker Kopf ausgedacht hatte. Während sie müh-
sam ihre Reisetasche schleppte, entdeckte sie den Eingang zu
einer kleinen Grünanlage, konnte in der Dunkelheit jedoch
überhaupt nicht erkennen, ob der Ort verlassen war. Sie drück-

te das Gittertor auf und steuerte auf eine Bank zu, um sich hinzulegen.

Als sie die Augen wieder aufschlug, war die Welt noch dieselbe.

Beim Verlassen der Grünanlage fiel ihr Blick auf ein Schild,
auf dem »Bundesallee« geschrieben stand. Sie wandte sich
nach rechts und bemerkte zu ihrer Erleichterung das Licht
einer U-Bahn-Station. Leni ging die breite Straße bis zum
Walther-Schreiber-Platz entlang. Dutzende Holzbuden mit
beleuchteten Dächern waren entlang des Einkaufszentrums
Forum Steglitz aufgebaut. Mitten unter den blinkenden Wer-
beanzeigen schmückten Lichterketten mit kleinen gelben Lam-
pions die Schaufenster. Leni kreuzte die Bornstraße, wartete an
der Ampel und ging dann über die Straße, um zum Weihnachtsmarkt zu gelangen. Bratdämpfe zogen von einer Bude
zur nächsten, bis sie sich auf den Propellern der großen mitten
auf dem Platz aufgebauten Weihnachtspyramide ablagerten,
aus den Lautsprecherboxen dröhnten von allen Seiten tradi-
tionelle Lieder. In den Buden bedienten die Verkäufer, die mit
eiskalten Fingern in ihren Mänteln auf und ab hüpften und das
Gesicht bis zu den Augen vermummt hatten, die Gäste mit
Glühwein und gebrannten Nüssen. Leni blieb etwas abseits
von einer Schlange stehen, die sich vor einem Würstchenstand
drängte. Der Hunger ließ sie nicht mehr los. Angesichts dieser vor Fett triefenden Röllchen spürte sie, wie ihr Magen sich
zusammenzog und ihr Mund sich öffnete, bereit, ihre Zunge
zu verschlucken, nur um die Leere zu füllen. Jedes Mal, wenn
diese Frau herzhaft von ihrem Brötchen abbiss, hatte Leni das
Gefühl, man hätte es ihr weggerissen. Sie wühlte in ihren Ta-
schen. Möglicherweise hatten sich noch ein paar Münzen in

den Tiefen des Futters verborgen, aber sie zog nur Tabakkrü-mel und das zerknüllte Stück Papier heraus, das ihr Bruder ihr vor dem Weggehen aufgedrängt hatte. Leni faltete es auseinan-der. Der Name und die Adresse standen immer noch darauf, und als sie es umdrehte, erkannte sie, dass er ihr einen Plan auf-gezeichnet hatte, dessen Startpunkt zufällig die Grünanlage war. Wie hatte ihr Bruder das wissen können? Aber was spielt das letztlich für eine Rolle?, dachte sie und setzte ihren Weg fort. Ich habe keine Zeit mehr, über diese Dinge nachzugrü-beln, das wird mich nur aufhalten.

An der Ecke einer Bude, abseits des Treibens, sah Leni plötz-lich, wie ein Mann sich von dem Fass entfernte, auf dem er ge-gessen hatte. Beim Näherkommen begriff sie, dass er einen Teil seines noch dampfenden Hotdogs in der Schachtel liegen las-sen hatte. Der Mann war schon auf der Höhe der Ampel und würde gleich den Zebrastreifen überqueren. Da sie nicht auf sich aufmerksam machen wollte, versuchte sie, ihre Aufregung zu zügeln, ging ein paar Schritte auf das Fass zu und schlang mit gierigen Bissen das heiße Brötchen hinunter. Eine große Erleichterung durchfuhr ihren Körper. Sie wusste aber auch, dass sie diese Reste, für deren Verwertung sie sich plötzlich schämte, nicht sattmachen würden. Während sie das letzte Stück mit den Fingerspitzen festhielt, machte sich plötzlich Angst in ihrem Kopf breit. So würde also ihr Leben aussehen? Leni verließ den Marktplatz. Gewappnet mit dem bekritzel-ten Zettel, folgte sie den Anweisungen auf dem Plan und der Schloßstraße, bis sie die Feuerbachstraße kreuzte und diese in Richtung Bahnstation hinaufging. Émiles Plan zeigte an, dass sie beim Bahnhof der Kurve der Ringautobahn folgen und die Körnerstraße hinuntergehen sollte, in der sich der geheimnisvolle Betrieb befand. Die Autobahn, auf der die Autos vorbeirasten, verlief unterhalb der Straße. Während sie auf dem engen Gehweg am Metallgeländer entlangging, bemerkte Leni die von der feuchten und verschmutzten Luft, die sich über ihr Gesicht ergoss, ganz schwarz gewordenen Fassaden.

Auf dieser Seite von Friedenau erschien ihr die Umgebung feindseliger als anderswo. Die Gebäude waren schlecht instand gehalten, die Balkone ähnelten grauen Käfigen, die von welkem Unkraut überwuchert wurden, halb auseinandergebrochene Gartenmöbel vegetierten neben defekten Gegenständen vor sich hin. Auch die Beleuchtung war anders. Das weiße Neonlicht enthüllte vom Gehweg aus notdürftig möblierte, manchmal leere Zimmer, in denen nur ein Sessel und ein Bett als Ausstattung dienten. Ein offensichtlich betrunkener Fußgänger torkelte seit einer Weile vor Leni her, und sie traute sich nicht, ihn zu überholen, aus Angst, ihn auf dem restlichen Weg im Schlepptau zu haben. Er grölte abgehackte Sätze vor sich hin, dann, nach fünf Minuten, bog er links ab und überquerte eine kleine, schmale Terrasse, die zum Eingang einer Kneipe führte, deren rot-grünes Schild wie eine kaputte Ampel flackerte. Der Betrieb befand sich im Erdgeschoss eines dreistöckigen Hauses, das völlig gewöhnlich wirkte.

Leni blieb einen Augenblick davor stehen, überquerte den Vorplatz mit den aus Bierkästen zusammengesetzten Bänken und entschied sich, die schwere Eingangstür aufzudrücken. Ein pfeffriger Tabakgeruch gemischt mit den säuerlichen Ausdünstungen von Alkohol schlug ihr entgegen. Der Raum war so verqualmt, dass es schwierig war, seine Größe auszumachen. Es war nicht viel los, allerhöchstens zwei oder drei Stammgäste saßen im Halbdunkel. Mit den Ellbogen auf den

Tresen gestützt, schlürften sie ihr Bier, mit verlorenem Blick und einem Zigarillo im Mundwinkel. Sie sprachen nicht miteinander, schienen sich nicht einmal zu kennen. Leni wurde bewusst, dass sie für Gemurmel und argwöhnische Blicke unter den Gästen sorgen würde, wenn sie wie angewurzelt mitten im Raum stehenbliebe. Sie knöpfte den Mantel auf, ging zur Bar und zog den Zettel ihres Bruders hervor, der hoffentlich ausreichen würde, um sich gegenüber den Besitzern auszuweisen. Ein junger Mann um die zwanzig trat neben sie und bestellte ein Glas Gin. Er war blond, hochgewachsen, über einen Meter achtzig groß, und sah aus wie ein Schauspieler in der Rolle des jugendlichen Liebhabers. Sein leicht vorstehender Kiefer und seine kleinen, wie Fliesen aneinandergereihten Zähne verliehen ihm ein auf den ersten Blick gewinnendes Äußeres. Er hatte einen hageren und schlanken Körper, trug ein beiges Leinenhemd und weiße, für diese Jahreszeit unpassende Baumwollhosen. Auf den Tresen gestützt, hatte er seine blauen Augen mit den hängenden Lidern auf Leni gerichtet. Er stellte sich mit dem Namen Peter vor und rückte ein bisschen näher, um ein paar Worte zu wechseln:

»Dich hab ich ja noch nie hier gesehen.«

»Ich suche Herrn und Frau Weidman, man hat mir gesagt, dass ich sie hier finden könnte«, antwortete Leni und zeigte ihm den Zettel.

»Wer will sie sprechen?«, flüsterte er, ohne einen Blick auf den Zettel zu werfen.

»Leni. Leni Müller. Ich komme auf Empfehlung meines Bruders Émile.«

Diese Worte schienen überhaupt keine Wirkung auf den jungen Mann zu haben, der sich, während er sie weiterhin anstarrte, verhielt, als hätte Leni seine Frage gar nicht beantwortet. Ärgerlich aufseufzend wandte er sich dem Saal zu und rief die Kellnerin:

»Mama, komm mal her! Hier fragt jemand nach dir.«

Mit einer Armbewegung bedeutete die Frau ihrem Sohn, sie erst noch die Bestellung aufnehmen zu lassen. Als das erledigt war, durchquerte sie hinkend den verräucherten Saal und kam auf die Bar zu. Den kleinen Körper in ein Schürzenkleid mit Blumenmuster gequetscht, sah Magda Weidman aus wie eine Frau, die bereits ein zwielichtiges Leben hinter sich hatte. Auf ihrer grobporigen Haut mit dem gelblichen Teint blinkten zwei streng dreinblickende kleine schwarze Augen, als wären sie dort irrtümlicherweise hingesteckt worden.

»Worum geht's denn jetzt schon wieder?«, donnerte sie mit rauer Stimme.

»Sie sagt, dass sie mit dir reden will«, erwiderte Peter und zeigte mit dem Daumen auf Leni.

Magda wandte sich der jungen Frau zu, die eingeschüchtert von dieser unsanften Vorstellung zum Eingang sah.

»Sind Sie Magda Weidman?«, murmelte Leni.

»Was wollen Sie denn von ihr?«

Leni wusste nicht mehr, wo sie anfangen sollte, und drehte sich hilfesuchend zu Peter um.

»Na los, sag's ihr«, ermutigte er sie. »Nur nicht so schüchtern.«

»Oh, und ich hab auch nicht ewig Zeit für diesen Blödsinn«, schimpfte die Frau. »Also entweder macht sie die Klappe auf und sagt, was sie von mir will, oder sie bestellt was zu trinken.«

»Ich heiße Leni Müller, mein Bruder Émile hat mich geschickt. Er hat gesagt, dass ich im Gegenzug für Arbeit hier bleiben könnte.«

Ein merkwürdiges und leicht spöttisches Lachen belebte das Gesicht der Frau, während ihr Sohn neben ihr Leni weiterhin mit Blicken auszog und sich auf die Lippen biss.

»Und was hast du Schlimmes verbrochen, dass er dich zu uns schickt?«, fragte Magda.

»Überhaupt nichts«, antwortete Leni.

»Ach was … Sag mal, deine Freundin sieht aber ein bisschen komisch aus«, wandte sie sich an Peter.

»Sie ist nicht meine Freundin. Noch nicht …«

»Ich kann auch Tag und Nacht arbeiten, wenn es sein muss«, ergriff Leni erneut das Wort. »Bitte, ich habe keinen Platz zum Schlafen.«

Die Frau überlegte einen Moment und drehte sich zu ihrem Sohn um, der nur mit den Schultern zuckte, als interessierte ihn die abschließende Entscheidung nicht.

»Du bist also die Schwester von Émile? Ihr beiden seid euch ja gar nicht ähnlich …«

»Das liegt daran, dass wir nicht viel Kontakt haben.«

Magda musterte sie einen Moment, während sie sich die Hände am Kleid abtrocknete.

»Na schön, ich muss das zuerst mit meinem Mann besprechen. Wir stellen hier nicht einfach so Leute ein.«

Sie bat Leni, zu warten, ging wieder in den hinteren Teil der Bar und verschwand kurz darauf in einem Flur. Leni wartete geduldig auf ihre Rückkehr. Warum hatte Émile sie in diese scheußliche Spelunke geschickt? Er hatte doch von einer Pension gesprochen … Plötzlich spürte sie einen warmen Druck auf der Hand.

»Du bist also verheiratet?«, fragte Peter und betrachtete Lenis Ehering.

»Ja«, sagte sie und zog hastig ihre Hand weg.

»Der sieht aus, als hätte er ein hübsches Sümmchen gekostet …«

Leni rührte sich nicht mehr.

»Wenn ich du wäre, würde ich ihn abmachen, bevor ihn mir noch jemand klaut.«

»Ich behalte ihn lieber an.«

»Wie du meinst, ich habe dich gewarnt.«

Mit einem Mal war der Raum in Dunkelheit getaucht, und etwas schien plötzlich die Aufmerksamkeit der Gäste zu erregen. Ein Mann, der allein in der Ecke stand, musterte Leni, eine angesteckte Zigarette zwischen den Lippen, während links ein paar junge Männer zu spielen aufgehört und ihre Billardstöcke quer über den Tisch gelegt hatten, als warteten sie darauf, dass sich etwas Wichtiges ereignete. Eine alte Dame steckte kleine Münzen in einen Zigarettenautomaten, als dicht neben ihr ein Mädchen mit nackten Beinen vorbeiging, nur mit weißen Hotpants aus Lack bekleidet und einem Bandeau-BH in derselben Farbe, der ihre schmalen Brüste straffte. Ihr hellbraunes, seitlich gescheiteltes Haar reichte ihr bis unter die Ohren, wodurch ihre mageren Schultern und Arme betont wurden. Blaue Lichter, die gebündelt auf den hinteren Teil des Saals gerichtet waren, arbeiteten deutlich ihre grazilen Bewegungen und ihren zierlichen Körper heraus.

»Das ist meine kleine Schwester, Hannah«, sagte Peter mit einem Lächeln auf den Lippen. »Sie wird gleich singen.«

Die junge Frau – wohl kaum älter als zwanzig – stellte sich vor die Gäste und hielt ein Mikrofon in der Hand. Mit einem

lachenden Gesichtsausdruck wie ein Kind winkte sie zur Theke, und ein alter Mann mit einer Gitarre auf dem Rücken
tauchte im Licht auf. Er trat zu ihr auf die kleine improvisier-
te Bühne und stimmte die ersten Noten von »Suzanne« an.
Im Stehen, mit geschlossenen Beinen wiegte Hannah sich im
Rhythmus hin und her. Sie ähnelte großen Schilfrohrhalmen,
die man im Sommer am Ufer eines Sees bewundern kann. In
der Dunkelheit sah man die Köpfe der Gäste, die den Bewegungen der jungen Frau mit Blicken folgten. Ihre klare und reine Stimme erhob sich im Saal. Im blauen, fast surrealen Schein
glitzerte die mit Pailletten besetzte rosa Schminke, die sie auf
den Augen und Wangen aufgetragen hatte, wie Glaspulver.
Und auch wenn ihre Darbietung in Aussprache und Rhythmus
nicht ganz einwandfrei war, ging von ihr ein Zauber und eine
aufrichtige Unschuld aus, sodass man noch mehr zu hören
hoffte. Leni saß neben Peter und konnte die Augen nicht von
Hannah abwenden, aus Angst, diese einzige Quelle an Schönheit und Licht in der Schwärze dieses Orts verschwinden zu
sehen.

Nachdem Hannah mit dem Singen aufgehört hatte, wand sie
sich unter dem Applaus auf der Bühne, als verspürte sie plötzlich ein dringendes Bedürfnis. Mit der Hand auf dem Herzen
dankte sie dem Gitarristen und dem Publikum, verbeugte sich
und richtete sich so exaltiert wieder auf, dass es beinahe an eine
Farce grenzte. Die Deckenleuchten wurden eingeschaltet und
zeigten den Raum wieder in seiner verwahrlosten Wirklichkeit. Peter rief seine Schwester an den Tresen. Lächelnd und
heiter ging Hannah mit wiegenden Hüften zwischen den Tischen hindurch und wechselte ein paar Worte mit ihren Be-
wunderern. Nach einer Weile wimmelte sie den Vorstoß eines

alten Bärtigen ab, indem sie ihm einen Kuss auf die Stirn gewährte, dann steuerte sie auf Leni und Peter zu.

»Na, wie fandest du mich?«, wollte die junge Frau wissen und sprang ihrem Bruder in den Arm.

»Das fragst du mich immer noch?«, amüsierte sich Peter und drückte sie an sich.

»Du weißt doch, dass ich von Komplimenten nie genug bekomme.«

Aus der Nähe musterte Leni ihr Gesicht aufmerksamer. Ihre kleine Stupsnase und ihre zarten rosa Lippen ließen sie noch jünger aussehen.

»Fantastisch, wie immer«, versicherte Peter und hob sein Glas.

»Und Sie?«, fragte sie und drehte sich zu Leni um.

Leni zögerte einen Moment und wusste nicht, was sie sagen sollte. Doch das Bedürfnis nach Anerkennung in Hannahs Augen war so drängend, dass sie sich verpflichtet fühlte, zu antworten:

»Es war sehr schön.«

Entzückt über diese Wertschätzung bat die junge Frau ihren Bruder um eine Zigarette. Er hielt ihr seine Packung und ein Feuerzeug hin.

»Hast du Mama gesehen?«, erkundigte sich Hannah und zündete die Zigarette an.

»Sie bespricht sich mit dem Chef«, antwortete Peter.

»Ach so …«, sagte Hannah und wirkte enttäuscht.

»Da kommt sie ja.«

Magda Weidman durchquerte den Raum mit festen Schritten, blieb stehen, um einem Gast zu antworten, und kam dann auf die Gruppe zu.

»Es ist abgemacht. Du fängst morgen an«, sagte sie in einem barschen Ton zu Leni.

»Ich danke Ihnen«, sagte Leni, ohne wirklich zu wissen, ob sie sich über diese Neuigkeit freute oder nicht. »Sie müssen wissen, dass …«

»Schon gut, schon gut«, unterbrach sie Magda und klatschte in die Hände. »Aber sei gewarnt, du wirst hart arbeiten müssen, wie wir alle hier. Du stehst jeden Morgen um sechs auf und bereitest die Bestellungen vor, du schrubbst abends die Böden, nachdem wir geschlossen haben, und an drei Abenden in der Woche übernimmst du die Bedienung der Gäste.«

»Ja, Frau Weidman.«

»Hannah wird dich nach oben in dein Zimmer bringen, dort findest du alles, was du brauchst. Um den Rest kümmern wir uns morgen.«

Hannah drückte die Zigarette im Aschenbecher aus, fasste Leni am Arm und zog sie mit sich in den hinteren Teil der Bar, wie ein Kind, das es nicht erwarten kann, seiner Mutter eine unglaubliche Entdeckung zu zeigen. Peter, glücklicher Zeuge dieser Vertrautheit, huschte ein zufriedenes Lächeln über die Lippen, als er die beiden Frauen hinausgehen sah.

»Willkommen in der Hölle!«, rief er mit spöttischer Stimme. Draußen nahmen Hannah und Leni den zweiten Hauseingang, der direkt in ein Treppenhaus führte, in dem es nach Frittiertem und kaltem Tabakrauch roch. Hannah öffnete triumphierend die Tür zum Dienstmädchenzimmer und trat zur Seite, um Leni hineinzulassen. Diese fühlte sich vom ersten Moment an erleichtert beim Anblick des Raums: ein einfaches Bett rechts in der Ecke, ein heller Holztisch und ein Lehnstuhl links an der Wand.

Trotz ihrer Neugier, mehr über den Neuzugang zu erfahren, verschwand Hannah lieber, damit Leni sich ausruhen konnte. Als diese allein war, stellte sie ihre Tasche am Fußende des Betts ab und trat ans Fenster. Obwohl sie vor Müdigkeit ganz benommen war, blieb ihr noch ein bisschen Kraft, um an Ivan zu denken. Er fehlte ihr schrecklich. Wo war er? Dachte er an sie? Was machte er um diese Uhrzeit? Blickte er von den Kreidefelsen am Kap Arkona aufs Meer, mit dem schneeweißen Sand und den ins offene Meer gesteckten scharfzackigen Felsen? War Ivan allein? Oder war er mit einer anderen …? Nein! Nein!

8

AN DEN FOLGENDEN Tagen ging die Arbeit, die Leni zuge-
wiesen wurde, ohne Unannehmlichkeiten vonstatten. Wie vereinbart stand sie morgens um sechs Uhr auf und frühstückte
allein in ihrem Zimmer. Dann begannen ihre ersten Aufgaben.
Dazu gehörte zum Beispiel, die am Vorabend vom Alkohol
und von der Asche verdreckten Böden zu putzen. Außerdem
musste das Geschirr gespült, mussten die Lieferungen entge-
gengenommen und die Flaschen eingeräumt werden, und ab
zehn Uhr wollten die ersten Gäste in der Bar bedient werden. Hannah war selten anwesend und tauschte mit Leni nur
Belanglosigkeiten aus. Es kam auch vor, dass sie während eines Diensts verschwand und stundenlang unauffindbar blieb,
ohne dass sich irgendjemand deshalb Sorgen machte. Magda
meinte, dass sie wahrscheinlich noch einmal los zum Einkaufen sei, dabei lehnte ihre Handtasche noch unten an der Theke.
Und da war noch eine beunruhigende Geschichte; Leni hatte
Magda dabei erwischt, wie sie einem Gast im Gegenzug für ein
großzügiges Trinkgeld eine Papiertüte gab. Als Leni die Terrasse fegte, hatte sie gesehen, wie derselbe Mann die Bar verließ
und ein paar Meter die Straße hinunterging. Forschen Schrit-
tes, als schickte er sich an, ein Verbrechen zu verschleiern, war
er an der Ecke eines brachliegenden Grundstücks ganz in der

Nähe des Hauses kurz stehengeblieben und hatte die weißen Lackshorts, die Hannah am Tag von Lenis Ankunft getragen hatte, aus der Tüte gezogen. Bei diesem Anblick packte sie Entsetzen. Als der Gast genug an dem Stoff geschnuppert hatte, verstaute er das Kleidungsstück wieder und setzte seinen Weg zum U-Bahn-Tunnel fort.

Auch Peters Aufgabenbereich blieb teilweise rätselhaft. Er behauptete, dass er sich in die Organisation der Bar einbrachte, war aber den Großteil der Zeit damit beschäftigt, mit den Gästen anzustoßen und Billard zu spielen. »Er hält die Kundschaft bei der Stange«, erklärte Magda, die sich selbst in erster Linie um die verwaltungstechnischen Aufgaben und die Buchhaltung kümmerte. Was den sogenannten Vater anbelangte, so war es unmöglich, zu wissen, worin genau seine Beschäftigung bestand, denn Leni hatte seit ihrer Ankunft noch nie einen Blick auf ihn erhascht. Seine Kinder und einige Gäste nannten ihn »den Chef«, an den man sich bei wichtigen Entscheidungen wandte. Der Zutritt zum Flur, in dem sein Büro lag, war verboten. Magda hatte einen großen Wandschirm davor aufgestellt, aber Leni hatte während ihres Diensts durch die Wände schon manchmal eine Vielzahl beunruhigender Geräusche gehört.

Gegen zwei Uhr morgens wurde langsam das Arbeitsende eingeläutet. Erschöpft ging Leni zurück auf ihr Zimmer, und manchmal machte sie sich nicht einmal mehr die Mühe, ihre Kleidung auszuziehen, und versank sofort in einen tiefen Schlaf. Ihre Beine und ihr Rücken waren völlig zerschlagen von der schweren täglichen Arbeit. Wenn sie die trockene, schwielige Haut ihrer Hände betrachtete, dachte sie an ihre Mutter. Ich leide jetzt genauso, wie die arme Rosa immer gelitten hat. Ins

Augustlicht getaucht, fegte Rosa, die in ein blaues Baumwollkleid gekleidet war und die Haare zu einem Knoten geflochten hatte, den Staub im Wohnungsflur zusammen. Die nur einen Spaltbreit geöffneten Rollläden warfen kleine kreuzförmige Sonnenpunkte an die Wände. Außer Atem wischte sich Rosa die Stirn und den Hals mit einem Waschlappen ab und fluchte immer wieder über die Hitzewelle.

»Ich will das Meer sehen. Oh, meine Träume! Wo sind nur meine Träume hin?«, beklagte sie sich bei ihrem Mann.

»Sie sind in deinem Kopf, Liebling!«, rief Christian vom Sofa aus, immer noch besoffen vom Vortag.

»Ich hätte lieber gar nichts mehr im Kopf.«

Die Waschmaschine war seit einigen Monaten kaputt, und das Paar hatte kein Geld, um sich eine neue anzuschaffen. Rosa kniete neben der Badewanne und ließ heißes Wasser einlaufen, dann fügte sie mehrere Tassen Waschpulver hinzu, die das klare Badewasser in einen purpurroten, schäumenden Tümpel verwandelten. Sie rieb die Kleidungsstücke auf einem Waschbrett, das sie sich zwischen Bauch und Wand geklemmt hatte. Leni und ihr Bruder spielten zu ihren Füßen und schauten sie vernarrt an. Ihre Knochen knackten wie Holzbalken. Ihre Arme und Knie ähnelten einem Weidengerüst, dessen äußerste Enden sich unter einer zu schweren Last bogen. Wenn sie die Wäsche fertig ausgespült hatte, zog sich Rosa ganz aus, stieg in die Badewanne, spritzte sich mit einem frischen Wasserstrahl ab und rief:

»Reich mir mal ein Handtuch, Leni!«

Die beiden Kinder hüllten lachend Rosas Hintern ins Handtuch ein. Stolz darauf, ihren Auftrag ausgeführt zu haben, rannten sie blitzschnell auf den Balkon und holten den Scheuerlappen aus dem Putzschrank. Den restlichen Tag verbrachte ihre Mutter dann damit, den Boden zu wischen, und Leni und Émile massierten ihr die Waden mit Eukalyptusöl, dessen Duft anschließend noch tagelang in der Wohnung hing.

Der Wecker in ihrem Zimmer zeigte halb drei Uhr morgens. Leni holte sich ein Glas Wasser in der Kochnische, dann blieb sie einen Augenblick am Fenster stehen. Der Schnee fiel langsam, bedeckte Gehwege und Bäume. Der Bahnhof Friedenau war geschlossen. Das Viertel lag verlassen und still da. Die Kälte war so rau und trocken, dass sich die Straßen manchmal durch die Schatten und Lichter der Nacht verformten und furchterregenden Gräben mit unüberwindlichen Wänden ähnelten; andere Male schien es, als würde der noch frische Beton wie Magma fließen, um einen gewundenen Weg freizulegen. Nur die letzten Gäste, die Leni aus der Bar hatte hinauswerfen müssen, torkelten noch in der Dunkelheit der Rembrandtstraße umher wie seltsame Figuren, die von Fäden am Rücken festgehalten wurden.

Leni wollte gerade zu Bett gehen, als sie Hannahs Lachen unten von der Straße heraufhallen hörte. Sie war auf die Terrasse der Bar getreten, nur mit goldenen Hotpants und einem weißen über den Hüften zusammengeknoteten T-Shirt bekleidet. Leni beobachtete sie vorsichtig, wobei sie sich dicht an der Wand hielt. Hannah begleitete einen Mann zu seinem Auto, das direkt gegenüber vom Eingang parkte. Das Gesicht hatte er mit einem schwarzen Schal verhüllt, und um seinen Körper schlotterte ein dunkler Regenmantel, dessen Kragen er hochgeschlagen hatte. Bibbernd wechselten sie ein paar Worte, bevor der Mann hinter dem Lenkrad seines Autos verschwand. Es hatte nur eine einfache Bewegung gebraucht, als er den

Schnee aus seinem Schal schüttelte, damit Leni Émiles Gesicht erkannte. Von Angst gepackt, schreckte sie zurück und ließ einige Sekunden verstreichen. Sie kauerte sich unter das Fenster und warf noch einen Blick nach draußen. Hannah war verschwunden, und das Auto fuhr in Richtung Feuerbachstraße davon.

Am Tag darauf wurde Leni damit beauftragt, Peter beim Aussortieren der Gläser zu helfen. Mehrere Gäste hatten sich über scharfe Splitter in ihren Getränken beschwert. Noch ganz durcheinander von ihrer Beobachtung am Vorabend, schnitt sie sich in den Finger, als sie nach einem Bierkrug griff. Peter nahm ihre Hand und führte Leni zum Spülbecken.

»Du bist wohl noch nicht ganz ausgeschlafen heute«, meinte er und hielt ihren Finger unters Wasser.

Leni beobachtete die Blutspritzer, die sich auf den Edelstahlwänden verteilten. Am Abfluss bildete sich ein purpurroter Strudel. Sie hob den Kopf und begegnete dabei Peters Blick. Leni spürte, wie sich ihr Bauch zusammenzog. Sie sahen sich einen Moment an, bevor er ein Stück Küchenrolle abriss und es ihr geschickt um den Finger wickelte.

»Jetzt hast du also die Risiken dieses Berufs kennengelernt«, sagte er und trat zur Seite.

»Danke«, antwortete Leni schüchtern.

Sie wollte diesen Moment mit ihm allein nutzen, um den Grund für Hannahs Abwesenheit zu erfahren. Doch irgendetwas hielt sie zurück. Peter setzte schweigend seine Arbeit fort, während er Leni, die ihre Verlegenheit zu verbergen versuchte, indem sie den Kopf abwandte, neckische Blicke zuwarf.

»Weiß dein Mann eigentlich, dass du hier bist?«, fragte er lächelnd.

»Ich denke nicht.«

»Ihr redet also nicht mehr miteinander?«

»Nein.«

»Sag mal, da bist du aber an einen verdammten Vollidioten geraten.«

»Ivan ist kein …«

Sie hielt inne.

»Vielleicht hast du recht.«

Sie lachten los. Fast im selben Augenblick bereute Leni ihre Worte. Sie setzte wieder eine ernste Miene auf, als stünde ihr Ehemann gleich hinter der Tür.

»Hast du denn keine Freunde, mit denen du dich triffst?«, fragte Peter. »Oder Familie, die du besuchen kannst?«

»Eigentlich nicht.«

»Und was ist mit deinem Bruder? Der hat dir doch gesagt, dass du hierherkommen sollst, oder?«

»Kennst du Émile?«

»Der lungert hier ziemlich oft herum, er ist ein treuer Gast. Aber seit einer Weile lässt er sich nicht mehr blicken. Bestimmt ist er wieder in irgendeine schmutzige Sache verwickelt.«

»Ich habe ihn gestern Abend mit Hannah gesehen.«

»Ach wirklich? Was haben sie denn gemacht?«

»Sie haben sich unterhalten.«

Besorgt stand Peter auf.

»Sag mir nächstes Mal Bescheid, wenn du deinen Bruder hier in der Gegend siehst, okay? Ich will nur sichergehen, dass alles seine Ordnung hat.«

»Das mache ich.«

An diesem Abend war nicht viel los in der Bar. Nur die Stammgäste hatten es gewagt, dem Schneesturm zu trotzen. Man hörte den pfeifenden Wind wie mit einer Hacke gegen die Eingangstür schlagen. Hannah saß an einem der hinteren Tische und lackierte sich trällernd die Fußnägel. Auf ihrem Gesicht lag derselbe unerklärlich glückliche Ausdruck, den man bei kleinen Kindern sieht, die ohne ersichtlichen Grund einfach loslachen. Dieser Anblick ließ Neid in Leni aufkommen. Mein Bruder, dieser miese Kerl, hat mich in die Hölle geschickt, dachte sie. Und meine Träume! Wo sind nur meine Träume hin? Plötzlich spüre ich, wie Wut und Zorn von innen an mir nagen. Jetzt sehe ich die Dinge in einem klareren Licht. Mein Mann wird mich vor nichts mehr retten. Ivan hat sich von mir abgewandt. Ich sehe mich wieder, wie ich meine Reisetasche von einer Stufe zur nächsten schleppe, während er erleichtert war, mir nie mehr zuhören zu müssen. Oder vielleicht hatte er nur nicht den Mut, mich zurückzuhalten. Das würde bedeuten, dass er mich noch liebt, wahrscheinlich ist er jetzt gerade zu Hause … Ivan ist zurück! Nein! Nein! Es ist ihm doch völlig egal! Ziegler hatte recht, ich hätte auf der Hut sein sollen. Sein Verhalten war so verdächtig … Ziegler ist mir ständig gefolgt, als würde er eine Kriminelle beschatten! Bin ich etwa schuldig? Womit habe ich all das, was mir zustößt, nur verdient? Bin ich verrückt, wie Émile denkt …

Leni schlüpfte hastig in ihren Mantel und verließ die Bar. Der Wind war abgeflaut. Der Dürerplatz war nur ein paar Meter entfernt, direkt gegenüber vom Bahnhofseingang, aus dem noch immer eine Handvoll Reisender kam. Leni trat in eine Telefonzelle, zog den Zettel aus ihrer Tasche, warf ein paar Münzen ein und wählte die Nummer, die ihr Ziegler im

Café gegeben hatte. Es klingelte zweimal, dann hörte sie seine Stimme.

»Hier ist Leni. Ich habe nicht viel Zeit.«

»Leni!«, stieß Ziegler hervor. »Wo sind Sie denn? Ich bin bei Ihnen vorbeigekommen, aber es war niemand da.«

»Ivan ist nicht nach Hause zurückgekehrt. Ich muss mit Ihnen sprechen.«

»Sagen Sie mir, wo Sie sind, und ich komme sofort vorbei.«

»Heute Abend geht es nicht …«

»Das verstehe ich nicht, ist denn alles in Ordnung?«

»Lassen Sie uns morgen treffen. Ich werde um zwei Uhr nachts am Bahnhof Friedenau sein, am Ausgang zur Bahnhofstraße. Dann erkläre ich Ihnen alles.«

»Ich werde da sein.«

Am nächsten Abend beendete Leni ihren Dienst früher als sonst. Es war kein einziger Gast mehr da. Alle waren gegen ein Uhr nach Hause gegangen. Hannah saß hinter der Theke und rauchte eine Zigarette, während Peter in einer Ecke des Raums Darts spielte. Beim Spülen der letzten Gläser dachte Leni an ihre Verabredung mit Ziegler. Was sollte sie ihm schon sagen? Am Telefon hatte sie einen derart ernsten Ton angeschlagen und versprochen, ihm alles zu erklären, als würde es sich um eine Angelegenheit von äußerster Wichtigkeit handeln, deren Einzelheiten sie ihm nur persönlich liefern könnte. Jetzt wurde ihr klar, dass ihre Situation für einen Mann wie ihn überhaupt nicht außergewöhnlich war. Im Gegenteil, was gab es Banaleres als eine Frau, die von ihrem Mann verlassen wurde. Ich könnte ihm von Émile erzählen, dachte sie plötzlich. Von dieser Waffe, die er immer an der Taille trägt, von seinen dubiosen Geschäften, die Peter erwähnt hat, und von seiner möglichen Verwicklung in das Verbrechen im Park.

»Woran denkst du?«, fragte Hannah und stützte sich mit den Ellbogen neben Leni auf den Tresen.

»Ich? An nichts«, sagte sie und senkte den Kopf.

»Lass mich raten … Es geht um einen Kerl, hab ich recht?«

»Überhaupt nicht.«

»Du hast also keinen Liebhaber?«

»Nein.«

Leni schwieg einen Moment, dann hatte sie plötzlich eine Idee und drehte sich zu Hannah um.

»Und was ist mit dir, hast du jemanden?«

»Ich? Oh, ich habe einen Haufen Verehrer, die mir nachlaufen. Aber es gibt nur einen, der zählt.«

»Ist das der Mann, mit dem du dich abends draußen triffst?«

»Du spionierst mir also nach … Ja, ist er.«

»Du solltest vorsichtig sein, Hannah, du bist noch so jung.«

»Für wen hältst du mich eigentlich? Glaubst du, ich kann nicht zwischen einem Schwein und einem guten Kerl unterscheiden? Bei ihm braucht es keine großen Worte, ich sehe in seinen Augen, dass er mich wirklich liebt.«

»Da kann man sich manchmal täuschen.«

»Und was ist mit meinem Bruder? Täuscht der sich etwa auch?«

»Was hat das mit Peter zu tun?«

»Du hast also nichts gemerkt? Du gefällst ihm, das ist doch offensichtlich …«

Leni trocknete sich die Hände am Küchentuch ab und zog verärgert die Schürze aus.

»Du erzählst doch nur Blödsinn.«

»Wir brauchen ihn nur zu fragen …«

Leni hielt sie am Arm zurück.

»Nein, bleib hier.«

»Wie du meinst«, sagte Hannah eingeschnappt. »Ich muss jetzt sowieso los, ich bin zu einem Geburtstag eingeladen.«

Erleichtert zog sich Leni zurück.

»Magst du mitkommen?«

»Nein, danke. Ich gehe hoch und lege mich schlafen, ich bin müde.«

Bevor sie hinausging, umarmte Hannah ihren Bruder und murmelte ihm etwas ins Ohr, während sie zu Leni herübersah. Beide lachten hämisch, bis sie sich schließlich voneinander lösten.

In ihrem Zimmer machte sich Leni für ihre Verabredung mit Ziegler fertig. Sie schlüpfte gerade in ein Kleid, als es zweimal an der Tür klopfte. Überrascht über diese Störung, durchquerte sie das Zimmer und öffnete die Tür. Peter stand im Flur mit einer Flasche Alkohol in der Hand und gespielter Verlegenheit.

»Tut mir leid, wenn ich dich störe.«

»Gibt es unten ein Problem?«, fragte Leni schroff.

»Nein, ich wollte einfach nur mit jemandem reden. Aber wahrscheinlich ist es schon zu spät und …«

Er ließ seinen Satz offen, bereit, wieder zu gehen.

»Du kannst reinkommen, aber nur kurz«, brachte Leni hervor.

Peter machte Anstalten, auf dem Absatz kehrtzumachen, und über sein Gesicht huschte ein merkwürdiges Lächeln, das sie nicht deuten konnte. Dann trat er doch ins Zimmer, setzte sich aufs Bett und lehnte die Flasche an ein Kissen.

»Hübsch hast du's hier. War es bei dir auch so?«

»Bei mir?«

»Ja, in deinem alten Haus.«

»Es war …«, überlegte Leni, »anders.«

»Komm, setz dich einen Moment zu mir«, sagte Peter und klopfte auf die Matratze.

Sie näherte sich schüchtern und nahm am äußersten Ende des Bettes Platz, wobei sie den Blick gesenkt hielt. Sie schielte auf den Wecker, der schon Viertel vor zwei anzeigte.

»Magst du was trinken?«, fragte Peter und griff nach der Flasche.

»Nein, danke.«

»Ein kleines Schlückchen kann ja nicht schaden«, beharrte er und schraubte den Deckel ab.

»Das stimmt. Aber nur ein bisschen, sonst wird mir noch schlecht.«

Über Peters Gesicht huschte ein Lächeln. Nachdem er direkt aus der Flasche getrunken hatte, reichte er sie an Leni weiter. Sie nahm einen kräftigen Schluck, ohne abzusetzen, und verzog das Gesicht zu einer Grimasse.

»Das ist aber stark!«, rief sie hustend. »Was ist das?«

»Schnaps. Ich habe es ja offenbar mit einer großen Säuferin zu tun«, sagte er lachend.

Peter schraubte die Flasche zu und stellte sie ans Fußende des Bettes. Als er sich wieder aufrichtete, streifte er Lenis Knie mit dem Kinn. Da er merkte, dass sie sich nicht rührte, küsste er ihre Schenkel. Vor Schreck zuckte sie zusammen. Ihr blieb keine Zeit, aufzustehen, als sich die Hand des Mannes schon unter ihr Kleid vorwagte. Er legte sie auf den Rücken und drückte ihre Arme zur Seite. Draußen blies der Wind. Weiter oben hörte man das Klappern der Dachziegel. Der Himmel heulte, und die unheimliche Sinfonie, die um sie herum tobte, folgte einem immer gemächlicheren Takt, bis sie sich schließlich in eine friedliche Wärmequelle verwandelte. Leni spürte, wie Peters Körper auf sie sank, und beschloss, sich treiben zu lassen. Unter den Zärtlichkeiten und Küssen hatten sich ihre Muskeln entspannt, und eine Welle der Erleichterung breitete sich in ihrem Körper aus. Ihre Einsamkeit nahm ein Ende. Eine zweite Stimme regte sich in ihr. Es war wie ein tiefer, ferner Ruf. Eine verlorene Sprache, die sie wie durch ein Wunder wiedergefunden hatte. Und dabei spielte es keine Rolle, ob es sich um Peter oder einen anderen handelte, dachte sie. Diese unerwartete Verbundenheit hatte in ihr die Hoffnung auf schönere Tage geweckt.

Peter zog sich von Lenis Bauch zurück, ohne ihr einen einzigen Blick zuzuwerfen. Zufrieden zündete er sich eine Zigarette an und sprach bis zu seinem Aufbruch kein Wort mehr. Leni wiederum schlief schon tief und fest.

Ziegler behielt seine Uhr im Auge. Es war schon drei. Er hatte unter dem Glasdach des Bahnhofeingangs Stellung bezogen und wartete vergeblich auf Leni, während er gegen die eisige Kälte ankämpfte. Auf dem verlassenen Platz war an diesem Abend keine Menschenseele aufgetaucht. Hinter den Fenstern der dunklen, leblosen Wohngebäude konnte man durch die Vorhänge die Weihnachtsbäume und Kerzenpyramiden leuchten sehen. Allmählich schmerzten und kribbelten Ziegler die Füße und Hände. Er hatte sich vorgenommen, die ganze Nacht zu bleiben und auf sie zu warten, aber um vier Uhr morgens zog ein noch stärkerer Wind auf und führte in seinem Tanz einen

Schwall aus Schnee und Hagel mit sich, als würde er mit Kiesel-steinen um sich werfen. Ziegler forschte in seinem Inneren nach Mut zur Geduld, aber das war einfach zu viel. Er kehrte um und überraschte sich bei dem Gedanken, dass er sich wahr-scheinlich schon viel zu lange geduldet hatte.

9

DIE FOLGENDEN TAGE vergingen wie ein langer Mondschein-spaziergang. Die Bierzapfanlage quietschte im Takt der Bestellungen. Vom Tresen aus beobachtete Leni die Gäste mit ihren ausdruckslosen Gesichtern, wie traumverlorene Reisende. Peter hatte sie mehrmals besucht. Sie liebten sich, dann schliefen sie ein, die Schenkel eng aneinandergeschmiegt. In diesen Stunden konnte sie nicht umhin, an das Leben an der Seite ihres Ehemannes zurückzudenken. Es kam vor, dass sie ihm zufällig im Traum begegnete, wenn sie die Straßen ihres Viertels entlangging. Sie ging direkt hinter ihm, nur mit ein paar Metern Abstand, als wollte sie ihn nicht stören. Ivan bog an der Ecke der Lepsiusstraße in eine kleine, mit Bäumen gesäumte Straße ab, die praktisch nie jemand benutzte. Leni folgte ihm schon eine Weile, als sie plötzlich spürte, dass ihre Füße in einer nach Asche riechenden, sandigen Masse versanken. Kurz darauf sah sie, wie sich die Kleidungsstücke wie Hautfetzen von der Gestalt ihres Mannes lösten. Sein Mantel, sein Jackett und sein Hemd lagen über den Gehweg verstreut, sodass Leni sie aufsammeln musste, um nicht darüber zu stolpern. Ein Fußgänger kreuzte Ivans Weg, ohne sich umzudrehen, denn es gab nichts mehr zu sehen. Unter den Stoffschichten sprudelte der Staub hervor wie eine klare Quelle. Es blieben nur noch zehn kleine Aschehütchen, die vereinzelt auf der Straße herumlagen. Leni trug das letzte Hab und Gut ihres Mannes im Arm. Ein anderer Mann rannte auf sie zu, um es ihr zu stehlen, ehe sie die Augen aufschlug. Über ihrem Bett ein mit Schnee bedecktes Dachfenster. Leni dachte an das Winterende, an die ersten Vorboten des Frühlings, die sich in den Bäumen zeigen würden. Bald könnten Peter und sie endlich dieses Fenster öffnen und die Sterne beobachten. Dann aber spürte sie Nacht für Nacht, wie sich die Haut ihres Geliebten von ihr löste. Es waren nur Millimeter. Ein kleiner Luftraum. Ein winziger Riss auf einer Wand, den man kaum erkennt, aber Leni sah darin die Weite eines ganzen Ozeans.

Eines Abends hatte Peter ohne ein Wort das Zimmer verlassen. An seinem Verhalten war nichts Neues, aber es war das erste Mal, dass es ihr wirklich auffiel. Die Bettdecke hob sich mit einem Ruck, und die eiskalte frühe Morgenluft durchdrang die Wärme der Körper, die an dem immer noch klammen Stoff haftete. Leni konnte sich noch so sehr unter der Steppdecke zusammenkauern, es war, als verwehrte das Bett ihr jeden Komfort. Obwohl sie sich nicht mehr bewegte und ausgestreckt auf dem Rücken dalag, knarrten die Latten unter der Matratze ferne Klagen, die Glühbirne der Nachttischlampe knisterte, und der Wind pfiff unter den Holzdielen.

In der darauffolgenden Nacht war Peter nicht zu ihr gekommen. Er hatte ihr keinen Grund genannt, und sie hatte sich nicht getraut, nachzufragen. Nun erschienen die äußeren Naturgewalten, Schnee, Wind, Regen, die man im Winter von sich fernhält, ungebeten im Zimmer der beiden Liebenden. Wassertropfen liefen am Dachfenster hinunter. Nach ihrer Umarmung sprach Leni dieses Problem bei Peter an, der das kleine Fenster ohne jede Vorwarnung kurzerhand öffnete. Ein kompakter Schneehaufen verteilte sich auf dem Bett. Alarmiert schaufelte die immer noch nackte Leni den Berg aus Raureif mit den Händen weg, während Peters Spötteleien und sein höhnisches Gelächter wie Messerstiche auf ihren Rücken einprasselten. Die Harmonie und die Hoffnung der ersten Nächte waren versiegt. Die neue Sprache, die Leni entdeckt zu haben glaubte, wurde von dem Geklapper der Alltagsgegenstände ersetzt, die unermüdlich ihre frühere Einsamkeit wiederherstellten.

Peter unterhielt sich mit einer Barbesucherin, wobei er sich über ihre Schulter gebeugt hatte, als hätte er Mühe, sie zu verstehen.

Leni beobachtete ihn beklommen vom anderen Ende des Saals aus. Im selben Moment trat Hannah aus dem Flur und blieb beim Billardtisch stehen, um ihren Bruder zu begrüßen. Sie wechselten ein paar Worte, und die Besucherin lachte schallend los. Die Stimmung war ausgelassen. Plötzlich verfielen sie in Schweigen und drehten sich alle zu Leni um, ihre drei unbewegten Gesichter musterten sie argwöhnisch. Dann wurde das Gespräch einfach wieder fortgesetzt, wie ein Theaterstück nach einem Zwischenspiel. Hannah ging hinüber zur Bar. Sie schwang sich auf einen Hocker und zündete sich eine Zigarette an, während sie Lenis Bewegungen mit dem Blick folgte, die gerade dabei war, Erdnüsse in Schälchen zu verteilen.

»Du hast so ein Glück, dass du dieses Dachfenster hast«, meinte Hannah verträumt. »Meins haben sie letztes Jahr zugemauert, weil die Scheibe kaputt war.«

Leni hielt den Blick auf die Gläser gerichtet und hörte

schweigend zu. Hannah fuhr fort, während sie sich eine Handvoll Erdnüsse in den Mund steckte:

»Davor konnte ich die Sterne und den Mond beobachten. Sogar beim …«

Sie hielt inne.

»Das war schön.«

Leni stellte die Nüsse ab, um ihr ihre Aufmerksamkeit zu schenken.

»Fehlt dir dein Haus nicht?«, fragte Hannah.

»Ich glaube nicht«, sagte Leni.

»Ich könnte nie von hier weggehen. Also zumindest nicht so wie du.«

»Warum nicht?«

»Ich hätte viel zu viel Angst. Sieh dich doch mal an! Du hast kein Zuhause mehr, kein Geld, nicht mal Freunde oder Familie, die dir helfen könnten. Da wäre ich lieber tot, als so zu leben …«

Bei diesen Worten regte Leni sich nicht und überlegte, dass ihr das letztlich ziemlich gleichgültig war. Was kann den anderen Leben und Sterben denn schon bedeuten?, dachte sie.

»Ich lebe, und gut ist es«, sagte sie.

»Und für wen lebst du?«, fragte Hannah scharf nach.

»Für wen?«, wunderte Leni sich. »Für niemanden.«

»Also wofür dann?«

»Weißt du denn, warum du lebst?«

Hannah überlegte einen Moment.

»Schon als Kind habe ich davon geträumt, Sängerin zu werden. Aber eine richtige Sängerin mit einem richtigen Publikum und einer richtigen Bühne.«

»Na schön, aber Sängerin sein ist doch nicht der Grund,

weshalb du lebst«, widersprach Leni. »Das hast du dir nur selbst so ausgedacht.«

Hannah überlegte einen Moment, was sie darauf antworten sollte. Da ihr nichts einfiel, suchte sie nach einem wunden Punkt.

»Du hast also geglaubt, dass mein Bruder dich liebt?«, fragte sie argwöhnisch.

»Sicherlich ein bisschen«, sagte Leni und starrte sie an.

»Und jetzt hast du begriffen, dass es nicht so ist.«

»Das stimmt.«

Zufrieden mit ihrem Erfolg, verließ Hannah den Tresen ohne ein weiteres Wort.

Ihr Dienst war gleich zu Ende. Der letzte Gast war schon seit dem frühen Nachmittag da. Sturzbetrunken redete er von Gott und der Welt, und der Zigarettenautomat musste als Zeuge herhalten. Leni ging zu ihm hinüber, klopfte ihm behutsam auf den Rücken und informierte ihn, dass die Bar gleich schließen würde, aber der Mann schien nicht gewillt, seine Erzählung zu unterbrechen: »Sie ist verreckt wie eine verdammte Hündin. Auf dem Wohnzimmerteppich«, brach es schluchzend aus ihm hervor. »Auf dem Teppich! Im Wohnzimmer!« Leni beschloss, den Mantel des Mannes selbst vom Garderobenhaken zu nehmen und ihm über die Schulter zu hängen.

»Es ist schon spät«, sagte sie und knöpfte ihm den Mantel zu. »Sie sollten nach Hause gehen.«

»Bin ich hier nicht zu Hause?«, fragte er und sah sich verdutzt um. »Edirne! Edirne …«

Er hatte dieses merkwürdige Wort mit sanfter Stimme ausgesprochen, so wie ein Dichter einen Vers in die Länge zieht, um ihn nachhallen zu lassen.

»Ich weiß, dass es einen Ort gibt, an dem man alles sagen darf …«, deklamierte er.

Plötzlich stürzte Magda wie eine Furie aus dem Gang und erschien im hinteren Teil des Saals.

»Was ist denn hier schon wieder los?«, fragte sie verärgert.

Leni rückte von dem Mann ab. Er verlor den Halt, schwankte einen Moment und stieß gegen die Kante des Tresens. Er rührte sich nicht mehr.

»Ich habe ihm nur in den Mantel geholfen«, sagte Leni leise.

»Bezahl ich dich etwa, um die Garderobendame zu spielen?«, empörte sich Magda.

»Nein, aber …«

»Jetzt raus mit euch, alle beide!«, rief sie, während sie den Mann und Leni zum Ausgang schob. »Ich schließe ab.«

Leni blieb kaum Zeit, sich anzuziehen und ihre Tasche zu nehmen, da stand sie schon vor der Tür. Der eisige Wind brannte ihr im Gesicht. Die Straße war menschenleer, in Nebel gehüllt. Man hörte das Kreischen des letzten Nachtzugs, der bei der Einfahrt in den Bahnhof bremste. Hastig wickelte sie sich den Schal um den Hals und knöpfte sich den Mantel zu, um möglichst schnell auf ihr Zimmer zu kommen. Der Gast torkelte zwischen den Bierkästen herum. Mit dem Ellbogen stieß er die Aschenbecher auf den Tischen um und schlug mit der Faust gegen den Drahtzaun. Er war verwirrt. »Könnt ihr meine Tränen mit euren Händen berühren?«, schrie er und reckte die Arme gen Himmel. Danach rannte er wie ein Verrückter auf die Straße. Seine Beine und Arme schlenkerten in alle Richtungen, sein Kopf schien jeden Moment nach hinten zu kippen. Von Schuldgefühlen geplagt bei der Vorstellung, ihn in diesem Zustand allein zu lassen, beschloss Leni, die noch immer vor dem Hauseingang stand, ihm nachzugehen. Sie bog links in die Rembrandtstraße ein und hastete durch den Nebel in der Hoffnung, ihn wiederzufinden. An der Ecke zur Menzelstraße sah sie eine dunkle Gestalt im Schnee hocken. Der Mann kauerte unter einer Straßenlaterne, sein Kopf wurde von einem schwachen gelben Lichtstrahl beleuchtet. Seine blauen Augen glänzten wie zwei gläserne Murmeln. Sein Mund stand weit offen, der Kiefer war leicht nach links verschoben. Aus diesem schwarzen Loch drang ein Röcheln. »Edirne, Edirne …«, wiederholte er. Leni musste an den Bettler von Bruegel und seinen unergründlichen Gesichtsausdruck denken. An seinen ins Leere gerichteten Blick, hinter dem man weder eine Absicht noch Größe erkennen konnte. Der Bettler betrachtete die Welt vom Boden der Verdammten aus. Leni begriff, dass dort sein Zuhause war. Auf der toten Erde hatte er sich ein Bett aus Schnee gebaut. Im Frühling, wenn der undurchdringliche Kristall geschmolzen wäre, würde man all seine im Matsch vergrabenen Schätze entdecken. Die leeren Plastikflaschen würden sich mit Blumen füllen, seine Wolldecke würde in der Sonne trocknen, aber es würde nie jemandem auffallen. »Die Gleichgültigkeit der Menschen kennt keine Jahreszeiten«, sagte Rosa und legte eine Münze in die Mütze eines alten, auf dem Boden liegenden Mannes. »Schau dir an, was die Welt an Leid und Unglück hervorbringt, mein Kind. Vergiss nie, dass die Schuldigen mitten unter uns sind. Die Nachbarn aus dem Viertel haben Stahlspitzen unter dem Eingang ihres Wohnhauses angebracht, um seinen Todeskampf nicht mit ansehen zu müssen, wenn sie um sechs Uhr morgens ihre Fensterläden öffnen. Sie warnen ihre Kinder, dass sie ihm nicht zu nahe kommen sollen. Aber du, du wendest nicht den Blick ab.

Niemals. Du grüßt ihn, reagierst auf sein Lächeln und seine Bitte, du trinkst aus seiner Flasche und teilst mit ihm das Wenige, das du bei dir trägst. Verstehst du, was ich meine? Wehe, ich sehe dich etwas anderes tun.«

Der Bettler ließ sich auf ein altes ausgebreitetes Stück Pappe fallen. Leni trat näher, um nach ihm zu sehen. Sie griff nach einer Flasche mit einer braunen Flüssigkeit. Der Mann war eingeschlafen, die Hälfte seines Gesichts war unter einem Schneehaufen vergraben. Leni beschloss, sich neben ihn zu setzen, schraubte die Flasche auf und nahm einen Schluck. Da der Schnaps ihr wohltuend den Körper wärmte, trank sie noch mehr davon. Benommen vom Alkohol und von der Müdigkeit, verlor sie die Besinnung. Als sie die Augen öffnete, war die Sonne immer noch nicht aufgegangen. Man hörte ein paar Autos auf der Ringautobahn weiter unten. Sie drehte den Kopf zur Seite und bemerkte, dass der Mann verschwunden war. Seine Sachen waren weg. Nur die leere Schnapsflasche stand noch neben ihr. Leni war nicht mehr kalt. Es war, als hätte die Kälte den letzten Rest Wärme verschlungen und dann aus Mitleid mit ihr darauf verzichtet, ihr Festgelage fortzusetzen. Leni wollte aufstehen und sich auf den Heimweg machen, aber ihr Mantelsaum klemmte unter einer Frostschicht fest. Sie zog mit aller Kraft und fiel schließlich nach hinten. Da sie kein Gefühl mehr in den Beinen hatte, musste sie einige Meter vorwärtsrobben, bevor es ihr gelang, sich aufzurappeln und die Straße hinaufzugehen.

Als sie auf Höhe der Bar ankam, sah sie davor ein schwarzes Auto parken, mit laufendem Motor und aufgeblendeten Scheinwerfern. Es war dasselbe, das sie jeden Abend vor ihrem Fenster sah. Sie näherte sich unauffällig und erkannte das Gesicht ihres Bruders in einem der Rückspiegel. Das Auto fuhr sofort los, dann verblasste es im Nebel.

Am nächsten Morgen ging Leni hinunter in die Bar, um die ersten Bestellungen des Tages in Empfang zu nehmen. Sie hatte nicht einmal zwei Stunden geschlafen. Der Alkohol und die Kälte klebten ihr seit dem Vorabend an der Haut und lösten immer noch starke Fieberschübe aus. Krank und wackelig, hoffte sie, sich mit der Arbeit ausreichend betäuben zu können, um sich von ihrem Zustand abzulenken. Peter saß neben seiner Mutter an einem der hinteren Tische, während Leni sich anschickte, die Kartons unter dem Tresen zu öffnen.

Ein Sonnenstrahl, der erste seit Monaten in der Stadt, drang um die Mittagszeit in den Barraum. Leni setzte sich ans Fenster, streckte das Gesicht ins Licht und blieb einen Moment reglos sitzen. Das warme Gefühl auf ihren Augenlidern ließ ockergelbe, goldene Bilder entstehen, manchmal tiefschwarz, aber nie wirklich gefährlich.

»Ich bin gestern bei dir vorbeigekommen. Du warst nicht in deinem Zimmer«, sagte Peter und stellte sich neben Leni.

»Das ist richtig.«

Aus der Fassung gebracht von ihrer entschlossenen Bestätigung, schwieg er einen Moment und nahm ihr gegenüber Platz.

»Ich dachte, wir könnten uns wiedersehen«, unternahm er einen neuen Versuch. »Vielleicht heute Abend …«

»Nein«, sagte Leni.

»Wie, nein?«

Darauf erhielt er keine Antwort.

»Also willst du nicht, dass ich zu dir komme?«, ließ er nicht locker.

»Ja.«

»Ist dir eigentlich klar, was du anrichtest, wenn du mir eine Abfuhr erteilst?«

»Ich erteile dir keine Abfuhr.«

»Ach, nein?«

»Du kannst gern in mein Zimmer kommen, aber zwischen uns wird nichts laufen.«

»Du hast mir überhaupt nicht zu sagen, was hier läuft. Ich bestimme hier, verstanden?«

Peter sprang mit einem Satz auf und war schon auf dem Weg zu Magda, da drehte er sich noch einmal zu Leni um.

»Der kleinen Säuferin ist der Schnaps wohl zu Kopf gestiegen.«

Leni erstarrte, den Blick weiter zum Fenster hinaus gerichtet.

»Glaubst du etwa, ich hätte es nicht gemerkt? Du stinkst so dermaßen nach Schnaps, dass man deine versoffene Fahne bis ans andere Ende der Stadt riechen könnte.«

Stille.

»Was würde Magda wohl sagen, wenn sie wüsste, dass du hinter ihrem Rücken Flaschen mitgehen lässt …«

»Ich hab überhaupt nichts gestohlen!«, rief Leni.

»Ach was …«, spottete Peter. »Und mit welchem Geld willst du sie dir besorgt haben?«

»Ich hab nur gestern Abend mit einem Gast getrunken. Die Flasche hat ihm gehört.«

»Welcher Gast denn? Ich habe dich gestern Abend gesehen, wie du nach deinem Dienst gegangen bist, da warst du allein.«

»Du redest doch nur dumm daher. Wahrscheinlich warst du zu beschäftigt mit deiner Ollen.«

Peters Gesichtsausdruck war mit einem Mal erstarrt. Leni beobachtete, wie er auf Magda zusteuerte, die mit dem Rücken zu ihnen saß und immer noch mit dem Papierkram beschäftigt war. Er beugte sich zu ihr hinunter und flüsterte ihr etwas ins Ohr, während er Leni im Blick behielt. Plötzlich richtete Magda sich auf und verdrehte ihren Hals wie eine besorgte Henne. Dann beruhigte sie sich wieder, räumte ihre Unterlagen zu einem großen Stapel zusammen und wandte sich Leni am Tresen zu.

»Wie lange geht das schon?«, fragte sie schroff.

»Ihr Sohn lügt, Magda«, verteidigte sich Leni. »Ich habe noch nie etwas gestohlen.«

Nun betrat Hannah den Saal. Ihr Bruder weihte sie ohne abzuwarten ein.

»Sieh mich an, wenn ich mit dir rede«, sagte Magda und kniff Leni in den Unterarm. »Ich habe mir alle Quittungen der Bestellungen im letzten Monat angesehen, und es fehlen um die zehn Schnapsflaschen.«

»Da müssen Sie Ihren Sohn fragen, Magda. Wenn er in mein Zimmer kommt, hat er immer …«

»In dein Zimmer?«

Magda explodierte förmlich vor Lachen, es schüttelte sie so, dass sie einen Hustenanfall bekam.

»Was gibt es denn so Lustiges?«, fragte Hannah, die hinter ihrer Mutter stand.

»Sie sagt, dass dein Bruder … Sie sagt … Haha! Sie sagt, dass dein Bruder in ihr Zimmer gekommen ist!«

Hannah lachte ebenfalls hämisch los, aber es klang falsch, als würde sie von irgendetwas zurückgehalten.

»Hast du das gehört, Peter?«, brüllte Magda.

»Was?«, fragte er.

»Sie behauptet, dass du in ihr Zimmer gekommen bist!«, rief Hannah.

»Die Madame verwechselt ihre Träume wohl mit der Realität!«, sagte Peter.

»Das arme Mädel«, setzte Hannah abfällig noch einen drauf.

»Es ist aber die Wahrheit«, sagte Leni leise.

»Die Wahrheit kümmert uns einen Dreck!«, schrie Magda. »Du sagst mir jetzt, wo die Flaschen sind! Gib doch zu, dass du sie getrunken hast, du elende Säuferin!«

Magda packte Leni an den Haaren und drückte sie gegen den Tresen, um ihren Atem zu riechen. Hinten im Saal hörte man Peters höhnische Bemerkungen, mit denen er seine Mutter anfeuerte. Leni spürte, wie sie durch den Stoß auf dem rechten Ohr taub wurde, und reflexhaft biss sie fest die Zähne zusammen, um den Mund geschlossen zu halten.

»Hör auf«, sagte Hannah in einem ruhigen Ton.

Magda drehte sich zu ihrer Tochter um, ohne den Druck auf Leni zu lockern.

»Was mischst du dich da ein?«, fragte sie.

»Ich habe die Flaschen gestohlen«, sagte Hannah.

»Sie deckt sie doch nur!«, brüllte Peter.

»Ist das so?«, fragte Magda.

»Nein«, sagte Hannah.

»Glaub doch dieser Schlampe nichts!«

»Halt die Klappe, Peter!«, rief Magda. »Jetzt erklär dich gefälligst, Hannah.«

»Bei diesem schrecklichen Wetter sind weniger Gäste zu mir gekommen. Ich habe mich nicht getraut, nach einem Zuschuss zu fragen, und ich musste bei den Partys was zum Trinken mitbringen.«

Magda ließ Leni los, die wie ein Stein zu Boden fiel.

»Du hast die Flaschen für deine Freunde geklaut? Flaschen aus der Bar!«

»Es tut mir leid.«

Stille.

»Du weißt, dass ich das dem Chef melden muss?«, fragte Magda.

»Ich weiß.«

»Hast du überhaupt eine Ahnung, was passieren kann? Nach dieser Geschichte werde ich nichts mehr für dich tun können.«

»Ich bin bereit, für meinen Fehler einzustehen«, sagte Hannah mit erhobenem Kopf.

Magda sah angewidert zu Leni hinunter.

»Und was dich angeht, du bekommst auch noch dein Fett ab.«

Der Tag ging weiter, als ob nichts gewesen wäre. Hannah musste sich vor dem Chef rechtfertigen und tauchte erst am späten Abend wieder auf. Leni begegnete ihr im Flur, als die junge Frau in ihr Zimmer zurückkehrte. Das Licht der Wandleuchte offenbarte ihr geschwollenes Gesicht, sie konnte kaum das linke Auge öffnen.

»Was haben sie denn mit dir gemacht?«, fragte Leni und trat näher heran.

»Ist nicht so schlimm«, sagte Hannah und wich ihr aus.

»Hat dir das der Chef angetan? Oder dein Bruder? Bitte, rede doch mit mir.«

»Lass es gut sein!«

Und sie ging durch den Flur davon.

»Warum hast du das auf dich genommen?«, rief ihr Leni hinterher. »Ich weiß, dass du nichts getan hast.«

»Ich habe es für Émile gemacht«, sagte sie und drehte sich um.

»Émile? Was hat denn mein Bruder damit zu tun?«

»Ich liebe ihn!«, rief Hannah. »Wenn ich es nicht auf mich genommen hätte, hättest du noch viel Schlimmeres als Schläge abbekommen. Ich bin das ja schon gewohnt.«

Leni brauchte eine Weile, bis sie ihr folgen konnte und ihre Fassung wiedererlangte.

»Ich glaube eher, dass sich mein Bruder gefreut hätte, wenn ich an deiner Stelle gewesen wäre«, sagte Leni.

»Hör auf mit dem Theater, schau dich doch mal an … Dich haben ja schon die paar Arbeitstage und dein kleiner Suff dermaßen zugerichtet …«

»Aber das dürfen sie nicht. Deine eigene Mutter nimmt dich ja überhaupt nicht in Schutz!«

»Meine Mutter tut, was sie kann, ob du's glaubst oder nicht.«

»Eine echte Mutter würde doch ihr Kind nicht verpfeifen.«

»Émile hat recht, du bist nur eine verdammte Egoistin.«

»Eine Egoistin?«

»Du tust so, als ob du dich für mich interessierst, für das Schicksal der Unglücklichen, aber das stimmt nicht. Du beobachtest nur von weitem das, was du sehen willst. Und wenn dir das Unheil ein bisschen zu nahe kommt, haust du ab, ohne jemandem die Hand zu reichen.«

Sie hielt inne.

»Du hast diese Flaschen gestohlen«, sagte Hannah.

Angst machte sich in Leni breit.

»Ich wusste, dass du nichts sagen würdest.«

»Verzeih mir, Hannah, ich hatte Angst und …«

»Ich nehme dir das nicht übel.«

»Nicht?«

»Ich verstehe deine Angst.«

Leni nahm die junge Frau in den Arm, aber erntete im Gegenzug nur einen kurzen genervten Seufzer. Beschämt löste sie die Umarmung.

»Geh jetzt auf dein Zimmer, es ist schon spät«, sagte Hannah.

Leni ging den Flur zurück, den Blick auf den Boden geheftet, ohne noch etwas hinzuzufügen. Hannah hat schließlich alles gesagt, dachte sie.

Der Wecker zeigte fünf Uhr morgens. Leni hatte die ganze Nacht kein Auge zugetan. Dennoch hatte sie das seltsame Gefühl, dass etwas oder jemand sie geweckt hatte. Ihr schmerzte der Schädel. Darin gingen Dinge vor sich, die sie nicht begriff. Das Leben, das sie führte, bot ihr keinerlei echte Wahl. Es war, als würde ihr Wille ständig aus unerfindlichen Gründen durcheinandergebracht werden, ohne dass sie selbst es schaffte, sich ernsthaft Sorgen darüber zu machen. Das war das Schlimmste daran. Ein anhaltender Schockzustand hebelte ihre Entscheidungen aus. Sie brachte Stunden damit zu, in ihrem Zimmer auf und ab zu wandern, während sie immer wieder denselben Gedanken durchkaute. Der Himmel vor dem Fenster war noch schwarz, die Straße in eine ohrenbetäubende Stille gehüllt. Leni trug immer noch die Kleider vom Vortag, sie schlüpfte in den Mantel und verließ leise das Zimmer. Sie ging die Straße bis zum Dürerplatz hinauf. Es war noch kein einziges Geschäft geöffnet, nur in ein paar Wohnungen brannte schon Licht. Niemand sah sie die Telefonzelle betreten. Leni wählte Zieglers Nummer, die sie sich seltsamerweise seit dem letzten Mal gemerkt hatte. Beim ersten Anruf ging die Mailbox ran. Auch mit den folgenden hatte sie nicht mehr Glück. Sie probierte es eine Weile hartnäckig, dann hörte sie es plötzlich an die Scheibe der Telefonzelle klopfen. Sie erkannte das Gesicht des Bettlers. Er war in einen braunen abgewetzten Anzug gekleidet und bat sie nachdrücklich darum, herauszukommen und ihm das Telefon zu überlassen. Sie gehorchte widerstandslos und sah ihm schweigend zu, wie er die Telefonzelle betrat. Als sie sich auf den Rückweg machte, hörte sie das Geschrei des Mannes durch die Scheibe: »Edirne! Edirne!«

10

GEGEN SECHS UHR morgens klingelte das Telefon im Flur. Der Himmel war hell und weiß. Vor dem Fenster klatschten dicke eisige Regentropfen auf den schmutzigen Asphalt. Niemand war auf der Straße. Leni glaubte sich zu erinnern, dass Magda ihr aufgetragen hatte, den hinteren Teil des Saals vor dem Beginn der ersten Schicht auszukehren. Der Boden war mit Asche bedeckt. Halbtote Insekten zappelten immer noch in den Alkoholpfützen. Als Leni sich hinunterbeugte, sah sie, wie sich die Umrisse der Pfützen ausdehnten und sich kleine Schlünde bildeten, in die sie sich gern hineingestürzt hätte. Doch im hellen Tageslicht schien diese in sich geschlossene, triste Landschaft unter dem Kratzen der Schaufel zusammenzuschrumpfen. Leni hatte das Gefühl, die ganze Welt in dieser Schaufel zu sammeln, und dachte beunruhigt, dass sie am Ende ihrer Aufgabe sogar die Reste ihres eigenen Körpers hineinkehren würde. Das Telefon klingelte immer noch. Schließlich griff sie nach dem Hörer in der Ecke des Flurs.

»Ah, sind Sie's?«, sagte die Stimme.

Leni ließ den Besen fallen, er prallte gegen eine Stuhllehne, dann klammerte sie sich mit aller Kraft am Hörer fest.

»Ziegler! Was für ein Glück, Ihre Stimme zu hören! Aber woher … woher haben Sie denn diese Nummer?«

»Ich habe einfach im Telefonbuch nachgesehen.«

»Also dann … dann wussten Sie ja, dass ich hier bin!«

»Als ich letztes Mal hier im Viertel spazieren gegangen bin, habe ich Sie zufällig durch das Fenster der Bar gesehen. Aber Sie sahen beschäftigt und ziemlich glücklich aus, also wollte ich Sie nicht mitten in Ihrem Dienst stören.«

»Oh, Ziegler! Bitte holen Sie mich ab! Kommen Sie jetzt, solange noch keiner da ist!«

»Jetzt? Oh, heute muss ich leider einiges erledigen … Ich glaube nicht, dass ich dafür Zeit finden werde, Leni.«

Stille.

»Hallo? Sind Sie noch dran?«, fragte Ziegler fröhlich.

»Ich bin noch da«, antwortete Leni mit verdrossener Stimme.

»Seien Sie mir nicht böse, aber ich fahre morgen sehr früh in den Winterurlaub und habe den Koffer noch nicht gepackt.«

»Aber Sie haben mir doch gesagt, dass Sie im Notfall für mich da sind und mir helfen.«

»Das habe ich gesagt?«

»Natürlich, als wir zusammen im Café waren!«

»Wir waren zusammen im Café?«

»Aber ja doch! Sie haben mir sogar einen Zettel mit Ihrer Nummer gegeben.«

»Wenn Sie das sagen, dann muss es wohl stimmen. Wie geht es Ihnen sonst, Leni?«

»Ich bin in der Hölle und habe das Gefühl, den Verstand zu verlieren. Ich vergesse Dinge … Und ich sehe … Ich kann überhaupt nichts mehr mit Gewissheit sagen … Ich bitte Sie, Sie müssen mich abholen, bevor mir der Wahnsinn den Schädel zerfrisst. Es gibt keinen Ort, an den ich gehen könnte, Sie sind der Einzige, dem ich vertrauen kann.«

»Ach, das ist ja lustig, vor ein paar Tagen habe ich eine Frau getroffen, die mir genau dasselbe gesagt hat.«

»Eine andere Frau?«

»Ja, mit ihr fahre ich übrigens auch in den Urlaub. Um ehrlich zu sein, dachte ich nicht, dass ich dieses Jahr wegfahren würde, aber das Reisebüro hat vergünstigte Zugtickets für die Schweiz angeboten. Waren Sie schon einmal Skifahren, Leni?«

»Nein.«

»Ich bin mir sicher, Sie werden eines Tages die Gelegenheit haben, es auszuprobieren, vielleicht ja mit Ihrem Mann.«

»Mit Ivan? Aber Ivan hat mich doch verlassen!«

»Es tut mir leid, das zu hören, Leni, wirklich sehr leid …«

»Ist es, weil ich unsere Verabredung versäumt habe? Sie nehmen mir das übel, ist es das?«, fragte Leni ungeduldig. »Ich bedauere es wirklich, wenn Sie nur wüssten!«

»Ach, Kopf hoch, Sie wissen doch, dass Bedauern uns nicht weiterbringt, Leni … Im Übrigen nehme ich Ihnen das nicht im Geringsten übel.«

»Wirklich nicht?«

»Sie raten nie, wo ich gestern Abend war.«

»Nein, aber …«

»In der Komischen Oper. Und stellen Sie sich vor, dort wurde Ihr Lieblingsstück gespielt.«

»An dieses Stück kann ich mich nicht erinnern.«

»Na, kommen Sie, Sie haben es doch im Radio gehört, als wir uns getroffen haben. Warten Sie einen Moment …«

Leni blieb stumm.

»Hier, hören Sie.«

Die ersten Töne von Schuberts *Winterreise* verdüsterten ihr Herz. Eine Erinnerung durchzuckte Leni. Ivan Müller lag im

Bett, hörte den Gesang des Dichters und sinnierte über das widersinnige Schicksal, das der unglückselige Reisende erduldet. In seinen schönen Leinenschlafanzug gekleidet, sagte er zu seiner Frau: »In diesem Land sterben nur die Schwachen im Winter.«

Leni ließ den Hörer fallen, das Telefon baumelte in der Luft, und das Lied lief leise weiter. Sie trat ans Fenster, um auf die Straße zu sehen. Ein eintretender Gast riss sie aus ihren Gedanken. Seine hagere, hochgewachsene Gestalt war in einen langen schwarzen Wollmantel gehüllt. Er ähnelte diesen abgezehrten Skulpturen mit ihren überlangen Gliedmaßen, die, einmal in Bewegung, trotz ihres fahlen Aussehens einen Anschein von Leben erwecken.

»Ein Budweiser, bitte«, sagte der Mann und nahm an einem der hinteren Tische Platz.

Leni wandte sich vom Fenster ab und steuerte auf die Zapfanlage zu.

»Was ist das?«, fragte der Gast.

»Was?«, fragte Leni zurück und drehte sich zu ihm um.

»Diese leise Musik.«

»Ich schalte sie aus«, sagte Leni und ging in Richtung Flur.

»Nein!«, rief der Mann und hob den Arm. »Lassen Sie sie an.«

Leni stellte das Bier auf den Tisch, und der Unbekannte nahm ihre Hand. Und da dies eine sehr sanfte Geste war, kaum ein Druck auf ihrer Haut, ließ sie es geschehen. Sachte bot er ihr den Stuhl neben sich an.

»Zigarette?«, fragte er und zog eine Packung aus der Tasche.

»Danke«, sagte Leni.

Der Mann zündete ein Streichholz an.

»Sie sehen immer müder aus«, sagte er und nahm einen großen Zug. »Man kümmert sich hier nicht gut um Sie.«

»Sie haben eben ihre Probleme, wie alle anderen auch«, sagte Leni. »Haben Sie denn nie Probleme?«

»Mein ganzes Leben ist ein einziges Problem!«, lachte der Mann.

Ein trockener Husten brachte ihn einen Moment zum Schweigen. Leni schob das Glas zu ihm hin, und er trank einen Schluck, bevor er fortfuhr:

»Wenn ich Ihnen einen Rat geben darf, es ist besser, sich mit all dem nicht zu lange aufzuhalten. Ihre ganzen Träume, Sehnsüchte und inneren Kämpfe. Vertrauen Sie mir, am Ende ist das reine Zeitverschwendung …«

»Am Ende?«, fragte Leni erstaunt.

»Man bekommt nie die Antworten, auf die man wartet. Damit muss man sich abfinden.«

»Ich kann mich damit aber nicht abfinden«, antwortete Leni bestimmt.

»Dann sind Sie verloren.«

Stille.

»Übrigens, wer ist da eigentlich am anderen Ende der Leitung?«, fragte der Gast und stieß den Rauch aus.

»Niemand, ein Mann.«

»Hm … Glauben Sie, er hört uns zu?«

»Spielt das eine Rolle?«

»Ich habe nicht gern das Gefühl, belauscht zu werden.«

»Ich kann auflegen, wenn Sie möchten.«

»Nein, bleiben Sie hier.«

Ein neuer Hustenanfall, heftiger als der letzte, schüttelte den Mann plötzlich. Leni holte ihm ein Glas Wasser.

»Sie sehen aber auch nicht gut aus«, sagte sie und reichte ihm das Glas.

»Ich sterbe«, antwortete er und trank einen Schluck.

»Trinken Sie noch mal, das wird schon wieder. Bestimmt haben Sie nur eine Grippe.«

»Der Arzt meinte, einen Monat, aber ich tippe eher auf eine Woche.«

»Einen Monat wozu?«

»Einen Monat, um zu sterben.«

Leni wusste nicht, was sie darauf erwidern sollte. Welche Worte richtete man an jemanden, der seine letzten Tage erlebte? Sie beschloss, lieber ihm das Reden zu überlassen.

»Leider kann ich Ihnen gar nichts Interessantes erzählen. Ich bin ein wortkarger Sterbender. Gott ist zurzeit der Einzige, mit dem ich noch spreche. Aber er existiert nicht, also ist es, als würde ich Selbstgespräche führen.«

»Woher wissen Sie, dass er nicht existiert?«

»Ich glaube nur an das, was ich sehe. Sie nicht?«

»Es ist ja nicht gesagt, dass das, was ich sehe, echt ist. Man kann immer Zweifel haben.«

»Also würden Sie mir glauben, wenn ich Ihnen sage, dass ich Gott bin?«

»Kann gut sein, aber nur wenn Sie mir überzeugende Antworten geben.«

Stille.

»Zuerst will ich Ihnen mal eine Geschichte erzählen, Leni. Gestern Nacht bin ich mit meinem Hund spazieren gegangen. Zwischendurch habe ich mich kurz abgewandt, um mir ein Schaufenster anzusehen, das noch erhellt war. Und als ich mich wieder umgedreht habe, war mein Hund nicht mehr da.«

»Wo war er denn?«

»Wahrscheinlich in ein Loch gefallen.«

»Er kann ebenso gut ausgebüxt sein.«

»Unmöglich. Warum hätte er ausgerechnet an diesem Abend und nicht an den anderen ausbüxen sollen?«

»Dazu kann ich nichts sagen«, meinte Leni zögernd. »Ich hatte nie einen Hund.«

»Nein, er ist in ein Loch gefallen und hatte nicht den Mut, sich wieder aufzuraffen. So sah es für mich jedenfalls aus.«

»Also haben Sie es doch gesehen?«

»Ich habe das Loch gesehen, ja.«

»Aber wo war der Hund?«

»Ich habe keinen Hund.«

Das Gespräch wurde immer verworrener. Leni schob die Äußerungen des Mannes auf seine Krankheit, versuchte aber dennoch, seinem Gedankengang zu folgen.

»Sie haben mir doch gerade erzählt, dass Sie Ihren Hund verloren haben.«

»Und Ihr Vater?«

Sprachlos versuchte Leni, zu reagieren, ohne in Panik zu geraten:

»Hin und wieder begegne ich ihm. Aber auch da kann ich nicht beweisen, dass sich das, was ich Ihnen erzähle, wirklich zugetragen hat. Es ist, als würde sich die Wirklichkeit verformen, je weiter meine Gedanken wandern. Alles erscheint mir vertraut, ich erkenne die Gesichter und Worte wieder, aber es kommt immer ein Punkt, an dem ich nicht mehr unterscheiden kann zwischen dem, was ich sehe, was ich zu sehen hoffe, und dem, was tatsächlich geschieht.«

»Und was sagt Ihr Vater zu Ihnen?«

»Er beklagt sich viel, er sagt, er hätte sein Leben verpfuscht.«

»Ja, darüber hat er mit mir auch gesprochen.«

Leni erstarrte.

»Sie … Sie kennen meinen Vater?«

»Sie glauben, dass ich ihn kenne?«

»Aber Sie meinten doch gerade …«

»Oh, er erscheint mir auch von Zeit zu Zeit. Ein verlorenes Schaf, Ihr Vater. Das letzte Mal, als ich in der Kirche beim Rathaus war. Unsere Gespräche sind wahrscheinlich weniger persönlich als Ihre. Jedenfalls erzählt er mir manchmal von Ihnen.«

»Von mir? Und was sagt er?«

»Ich erinnere mich nicht mehr so genau … Es ist schon eine Ewigkeit her, dass ich ihn das letzte Mal gesprochen habe.«

»Bitte versuchen Sie, sich zu erinnern.«

»Er hat gesagt … Er hat gesagt, dass er es bereue, Sie nicht besser gekannt zu haben.«

»Wirklich …?«

»Er hat auch über Ihre Mutter gesprochen«, fuhr der Mann fort.

»Rosa!«

»Jaja, Rosa, genau. Eine üble Geschichte diese Ehe …«

»Und sonst?«

»Ach, alte Erinnerungen.«

»Welche denn?«

»Über Gott und die Welt …«

»Hat er auch meinen Bruder erwähnt?«

»Nicht so oft. Sie kennen ja Ihren Vater, ein zurückhaltender Mann.«

Ich glaube ihm nicht, er lügt, dachte Leni.

»Und meine Schwester?«, fragte sie. »Redet er auch über sie?«

»Natürlich!«, rief der Mann. »Aber ehrlich gesagt, lässt er an ihr kein gutes Haar.«

»Sie Schwindler!«, rief Leni und sprang vom Stuhl auf.

»Anscheinend war ich nicht sehr überzeugend«, höhnte er. »Es hat eben nicht jeder das Zeug zum Gott. Aber da sehen Sie mal, wie sehr Sie sich gefreut haben, das alles zu hören! Genau davon haben Sie mir doch erzählt, von den Zweifeln, die sich überall einnisten, bestärkt von der Hoffnung, Dinge zu hören, die man schon nicht mehr zu hören gemeint hatte. Sie haben nur nicht so lange gebraucht wie die anderen, um die Lüge zu entlarven.«

»Verschwinden Sie von hier!«

»Sie werden doch keinen Sterbenden hinaus in die Kälte werfen!«

»Und woher soll ich wissen, ob Sie wirklich sterben?«

»Zweifeln Sie jetzt etwa auch am Tod? Sie glauben ja wirklich an gar nichts.«

Der Mann senkte den Kopf. Er trank einen Schluck Bier, schlüpfte in den Mantel und erhob sich.

»Ich war dem nicht gewachsen«, sagte er beim Hinausgehen. »So ist das nun mal, ich werde allein im Dunkeln sterben wie mein Hund. Ach, ich habe sehr wohl darüber nachgedacht, es selbst zu Ende zu bringen. Mich in die Leere zu stürzen wäre wahrscheinlich weniger schmerzhaft, als stundenlang im Bett darauf zu warten, dass der Tod seine schmutzige Arbeit macht.«

Er schwieg, und seine aufgerissenen, seltsam leuchtenden Augen blickten zu Leni hinauf.

»Ich erinnere mich, dass ich vor langer Zeit einmal einen Priester getroffen habe«, fuhr er fort. »Es war ein glücklicher Zufall, als ich ihn auf einer Bank sitzen sah, allein und nachdenklich, als würde er auf mich warten. Damals war ich noch nicht krank, aber ich machte gerade eine schwere Zeit mit meiner ersten Frau durch. Ich gestand ihm meine Zweifel und meinen Schmerz, meine Fragen an Gott, auf die ich immer noch keine Antwort hatte, und diese Leere, die sich um mich herum auszubreiten schien. Wie sollte ich noch an die göttliche Güte glauben, wenn in meinem Leben noch nie ein Wunder geschehen war? Das fragte ich den Priester. Er verstand die Versuchung, mit der ich kämpfte, und riet mir, nicht mehr daran zu denken. ›Jeder ist vor Gott für sein Leben verantwortlich. Gott hat es ihm geschenkt‹, rezitierte er. ›Gott ist und bleibt der höchste Herr des Lebens. Wir sind verpflichtet, es dankbar entgegenzunehmen und es zu seiner Ehre und zum Heil unserer Seele zu bewahren. Wir sind nur Verwalter, nicht Eigentümer des Lebens, das Gott uns anvertraut hat. Wir dürfen darüber nicht verfügen.‹ Daran erinnere ich mich noch ganz genau.«

Leni hörte weiter zu.

»Einen Monat zuvor hatte er sich geweigert, bei der Totenwache eines Mannes zugegen zu sein, den man verdächtigte, sich das Leben genommen zu haben. Trotzdem hielt man sie in seinem Elternhaus ab, aber Scham und Befangenheit hatten das Zimmer des Verstorbenen befallen. Obwohl man den Leichnam mit einem weißen Tuch zugedeckt hatte, um die sündhaften Wunden nicht zu enthüllen, ließ sich niemand etwas vormachen. In der Stadt hatten alle von seiner Geschichte gehört, von den Suchtproblemen, der Scheidungsklage seiner Frau und den tragischen Umständen seines Ablebens. Seine Mutter, die sehr fromm und eine treue Kirchgängerin war, hatte den Priester angefleht, ihrem Sohn eine kirchliche Trauerfeier zu gewähren, worauf er sich aus Mitleid mit ihr und ihrer Familie eingelassen hatte. Doch als der Mann des Glaubens hinter das Rednerpult trat, schwanden sein Wille und sein Versprechen. Er murmelte die Psalmen, sträubte sich dagegen, die Stimme zu heben, nuschelte während der Lesung des Evangeliums, innerlich zerrissen von dem, was ihm sein Glaube diktierte. Bei dieser Geschichte überlief es mich kalt. Ich dachte, dass ich nicht wie ein Aussätziger und so fern von Gott sterben wollte. Ich wollte, dass man über meinem Sarg aus vollem Herzen das Evangelium und die Psalmen schmetterte, ich wollte Blumenkränze, brennende Kerzen, Gesang und Gedichte!«

»Deshalb haben Sie also davon abgesehen? Wegen der letzten Ehre?«, fragte Leni.

»Wegen der Schönheit, Leni.«

Sie nickte zustimmend, ohne zu wissen, was sie von dieser seltsamen Geschichte halten sollte, die ihr in vielerlei Hinsicht vertraut vorkam.

»Eine letzte Sache noch«, jammerte der Mann. »Nur ein Gefallen …«

»Sagen Sie's mir ruhig«, antwortete Leni und wich seinem Blick aus.

»Werden Sie da sein, wenn es so weit ist?«

»Sie meinen …«

»Es bringt ja nichts, eine große Feier zu organisieren, wenn am Ende niemand kommt und etwas davon hat.«

»Haben Sie denn keine Familie? Freunde?«

»Nichts dergleichen.«

Leni überlegte einen Moment.

»Ich denke, das wird möglich sein.«

»Wunderbar«, rief der Mann. »Es wird in der Kirche am Friedrich-Wilhelm-Platz stattfinden.«

Diese absurde Information brachte Leni zum Lächeln.

»Und woher soll ich den Tag wissen?«

»Meine Krankenpflegerin wird Ihnen Bescheid geben.«

»Dann ist es abgemacht.«

»Übrigens ...«

»Ja?«

»Er hat aufgelegt.«

Die Hintergrundmusik war verstummt.

»Ich glaube ja, es war gar keiner am anderen Ende der Leitung«, machte sich der Mann lustig.

Leni stürzte zum Telefon, nahm den Hörer wieder auf und drückte ihn ans Ohr.

»Hallo! Ziegler! Ziegler, hören Sie mich?«

Keine Antwort. Leni verwarf den Gedanken, ihn zurückzurufen, und setzte sich wieder an den Tisch. Die Eingangstür stand einen Spaltbreit offen. Der Gast war gegangen, oder vielleicht war er auch nie eingetreten. Stille herrschte im Saal, zwischen den Gegenständen verborgen wie eine dunkle Materie. Sie ging wieder auf ihr Zimmer, um sich kurz auszuruhen, da fiel ihr ein, dass heute Sonntagmorgen war. Ihr einziger Ruhetag.

11

EINES MORGENS VERKÜNDETE Émile, er sei gekommen, um seine Schwester abzuholen. Als er die Bar betrat, erkannte er Leni nicht sofort. Er musste sie mehrmals vom Tresen aus rufen, bevor sein Blick endlich an ihr hängenblieb. Neugierig beobachtete er sie einen Moment, als wohnte er durchs Schlüsselloch einer Tragödie bei, dann ging er zu ihr. Sie musterten einander schweigend. Er dachte, dass seine Schwester nichts mehr mit der Frau gemein hatte, die er früher einmal gekannt hatte. Aber diese bleiche Maske, die sie auf ihrem Gesicht trägt, hat ein paar Löcher, sagte er sich. Und dank dieser durchlässigen Stellen kann ich mit Sicherheit sagen, dass es sich tatsächlich um sie handelt. Was habe ich nur getan? Hannah hatte also recht. Die arme Leni hat den Verstand verloren. Und was für ein widerwärtiger Gestank von ihr ausgeht! Ist das Schnaps? Es ist zu spät. Jetzt begreife ich, dass sie nie dafür gemacht war, die Einsamkeit zu verkraften, in die ich sie getrieben habe.

»Ich bin gekommen, um dich abzuholen«, brachte Émile schließlich hervor.

Ein Grinsen breitete sich auf Lenis Gesicht aus, ohne dass sie es zu verbergen versuchte. Dieses Verhalten schien ihren Bruder zu ärgern.

»Was gibt's denn da zu lachen?«, fragte er schroff und zündete sich eine Zigarette an.

»Ich lache?«

»Scheint so.«

»Du willst mir also weismachen, dass du den ganzen Weg hierher meinetwegen gekommen bist, und zwar nur meinetwegen?«

»Aber sicher.«

»Du bist nichts als ein Lügner. Eines Tages wird selbst der Spiegel dein Bild nicht mehr ertragen«, spottete sie.

Émile biss die Zähne zusammen und senkte den Kopf. Leni fischte ebenfalls eine Zigarette aus der Packung, die auf dem Tresen lag, und zündete sie an.

»Es tut mir leid, was ich dir angetan habe«, sagte Émile. »Ich hätte bei dir bleiben sollen, aber vor lauter Neid und Stolz habe ich nicht die richtige Entscheidung getroffen.«

»Von welchem Neid redest du?«

»Dein Leben mit Ivan, dein …«

»Ivan …«

In diesem Moment kam Hannah in die Bar. Sie ging auf Émile zu und küsste ihn. Leni spürte eine Welle von Übelkeit in ihrem Bauch aufsteigen. Émile löste Hannahs Arme behutsam von seinem Hals, so wie man eine Kette ablegt, und griff nach den Händen seiner Schwester.

»Ich bringe alles wieder in Ordnung, wir gehen zusammen nach Hause …«

»Mit dir gehe ich nirgendwohin«, sagte Leni.

»Du willst doch nicht dein ganzes Leben in dieser Spelunke bleiben!«

»Man gewöhnt sich an alles.«

»Ich habe vor, dir ein paar Sachen aus der Markelstraße zu holen.«

Plötzlich hellte sich Lenis Blick auf.

»Die Markelstraße …«, murmelte sie. »Die Markelstraße! Also hast du Ivan wiedergesehen? Warst du da, als er zurückgekommen ist …? Oder ist er immer noch auf Rügen mit …? Nein, erzähl mir lieber nichts! Sag nichts, ich will gar nichts wissen.«

Hannah sah Émile machtlos an.

»Ich erinnere mich noch an meine letzte Nacht zusammen mit Ivan«, sagte Leni mit abwesender Stimme und lehnte sich gegen den Tresen. »Er hat mir von einer Statue auf Rügen erzählt, die er bei jeder seiner Reisen bewundert. Ein nackter Mann steht mit einem Handtuch über der Schulter da und beobachtet von oben eine nackte Frau, die mit geschlossenen Augen auf der Kante eines Sockels sitzt. Ihr Blick ist zum Himmel gerichtet, der des Mannes nur auf sie. Ich kann mich nur an die Beschreibung erinnern. Ich weiß noch, wie ich mich nach seiner Abreise gefragt habe, ob sich diese zwei Steinwesen mit ihrer unvergänglichen Schönheit ihres Glücks bewusst sind.«

Erschrocken über die wirren Äußerungen seiner Schwester, konnte Émile sich eine Grimasse nicht verkneifen.

»Komm, mach dir keine Sorgen, sie muss vor dem Dienst wieder gebechert haben«, flüsterte Hannah Émile ins Ohr.

»Ach, das wird's sein …«

»Aber die zukünftigen Wohnungseigentümer in dem Badeort mochten diese Statue nicht«, fuhr Leni fort. »Sie meinten, sie erinnere sie zu sehr an Proras Vergangenheit, der Mann und die Frau sähen aus wie Athleten aus dem Dritten Reich. Die Baufirmen äußerten erste Zweifel. Vielleicht wäre es besser, die Spuren zu beseitigen, um bei den Käufern kein Unbehagen zu wecken … Sie haben mit Ivan darüber gesprochen, der sich diesem Eingriff entschlossen entgegenstellte und sie als Idioten beschimpfte! Ihr versteht überhaupt nichts von der Liebe!, brüllte er fuchsteufelswild. Ihr versteht nichts von Schönheit!«

Während Leni ihren Monolog fortsetzte, nahm Hannah Émile beiseite.

»Sie wird nicht ohne einen Grund von hier weggehen«, erklärte sie ernst, als hätte man sie mit einer wichtigen Mission betraut.

»Jeder würde ohne einen Grund aus diesem Loch hier abhauen«, entgegnete Émile.

»Du verstehst das nicht, das Einzige, was sie zur Vernunft bringen könnte, wäre ein Wiedersehen mit ihrem Mann.«

»Na schön, aber ich habe Ivan nicht mehr gesehen, seit er gegangen ist, und dieser Trottel hat sich auch kein einziges Mal nach Leni erkundigt. Und …«

Er überlegte.

»Was?«, fragte Hannah.

»Eine Bekannte hat mir gesagt, dass sie ihn im Viertel beim Spaziergang mit einer anderen Frau gesehen hat.«

»Das macht nichts«, sagte Hannah und drückte seinen Arm. »Du musst deine Schwester nur anlügen, sie glauben lassen, dass er auf ihre Rückkehr wartet, und wenn wir erst einmal hier weg sind, gestehst du ihr die Wahrheit.«

»Ich weiß nicht«, zögerte Émile und beobachtete seine Schwester aus dem Augenwinkel. »Ich habe ihr schon so viel Unrecht angetan, als ich sie hierher zu euch geschickt habe, ich weiß nicht, ob sie einen neuen Verrat verkraftet.«

»Leni ist stärker, als du denkst. Viel stärker als ich …«

Traurig wandte sie sich von Émile ab.

»Sag so was nicht«, erwiderte er und drückte Hannah an sich.

»Ich sehe doch, wie du sie ansiehst und was du denkst«, sagte sie und stieß ihn weg.

»Leni ist meine Schwester!«

»Und ich, was bin ich für dich?«

»Dich liebe ich wie verrückt!«

»Aber du schenkst ihren Problemen mehr Aufmerksamkeit …«

»Hannah, ich bin deinetwegen hergekommen, weil ich mir ein Leben ohne dich an meiner Seite nicht vorstellen kann. Was willst du denn noch?«

»Du hast mir versprochen, dass wir zusammenleben, dass wir heiraten und du für uns ein großes Haus am Meer kaufst.«

»Das alles wirst du auch haben, Schatz.«

»Und ein Studio, damit ich meine Songs aufnehmen kann!«

»Na klar. Hör zu, das Wichtigste ist jetzt, dass wir von hier verschwinden, ohne Aufsehen zu erregen. Ich will mir keinen Ärger mit deiner Familie einhandeln. Den Rest regeln wir später.«

Die beiden wandten sich wieder Leni zu.

»Ivan will dich wiedersehen«, sagte Émile und beugte sich zu seiner Schwester vor.

Leni hob langsam den Kopf mit immer noch leerem Blick.

»Wirklich?«, fragte sie mit zitternder Stimme.

Émile spürte, wie erneut Schuldgefühle in ihm hochkamen, und drehte sich zu Hannah um, die ihn händeklatschend ermunterte, fortzufahren.

»Ja«, redete er weiter, während er ihrem Blick auswich, »dein Mann ist wieder in der Stadt und bereut es, dass er dich verletzt hat. Er möchte, dass du ihm eine zweite Chance gibst.«

Langes Schweigen. Leni war zwischen zwei widersprüchlichen Gefühlen hin- und hergerissen, was sie selbst überraschte. Liegt es an der Freudlosigkeit in letzter Zeit, dass ich mich über dieses unverhoffte Wiedersehen gar nicht richtig freuen kann?, fragte sie sich besorgt. Kann man das Gefühl für Glück verlieren, sodass man selbst in der Erfüllung des größten Wunsches keine Befriedigung mehr findet? Nur noch ein vages Vergnügen, eine verwelkte Begeisterung. Nein! Nein! Ich will die Hoffnung auf etwas Großes nicht aufgeben. Ivan hat mich betrogen, aber ich liebe ihn noch. Dagegen kann ich nichts tun, und wenn er eine zweite Chance will, werde ich sie ihm geben.

Eine Stimme ertönte plötzlich. Es war Magda, die in der Ecke des Flurs stand.

»Der Chef ist bereit, dich zu empfangen«, verkündete sie Émile.

Alle drei gingen feierlich durch den Saal zu Magda. Leni hielt sich im Hintergrund und folgte Hannah. Die unerwartete Länge des Flurs, den sie noch nie zuvor hinuntergegangen war, machte ihr Angst. Er erstreckte sich über zwanzig Meter und führte auf beiden Seiten zu je fünf verschlossenen dunklen Holztüren. Über jeder Tür hing eine muschelförmige Wandleuchte, die im vorderen Bereich ein gelbgraues Licht verbreitete. Je weiter Leni bis zum Ende des Gangs vorstieß, desto schwächer wurde die Leuchtkraft der Glühbirnen, sodass die letzten Meter in eine fast vollkommene Dunkelheit getaucht waren. Hinter der ersten Tür vernahm sie leise erstickte Schreie. Als Leni stehenblieb, um zu lauschen, war sie sich nicht mehr sicher, ob diese Geräusche menschlicher Natur waren. Das Murmeln verwandelte sich mal in ein Rascheln, in ein Knacken, mal in ein schmerzvolles Seufzen. Sie drückte das Ohr an die Tür, aber da krachte plötzlich ein heftiger Schlag dagegen, und sie wurde an die gegenüberliegende Wand geschleudert. Mit Herzklopfen sah sie, wie sich tentakelförmige Schatten über ihr bewegten. Angriffslustiges Getrommel erschütterte das Holz, Hohngelächter übertönte das Schluchzen. Mit zugehaltenen Ohren beschleunigte Leni ihren Schritt und verringerte den Abstand zur Gruppe, die weiterging, ohne den Lärm im Geringsten zu beachten. Die hinterste Tür, wo sie erwartet wurden, stand einen Spaltbreit offen. Magda klopfte zweimal leise. Eine Stimme forderte sie auf, einzutreten. Ein Mann mit lockigem, graumeliertem Haar und einer zierlichen, runden Stahlbrille auf der Nase thronte hinter einem langen Schreibtisch aus Holz, auf dem allerlei Nippes und Bilderrahmen herumstanden. Mit dem hellblauen Baumwollhemd und dem grauen Jackett ähnelte er einem gewöhnlichen Büroangestellten. Leni stand noch im Flur, vorsichtig hinter ihrem Bruder versteckt, und traute ihren Augen nicht. War dieser kleine Bankangestellte wirklich der Mann, vor dem alle eine solche Angst hatten? Neben dem Chef, der damit beschäftigt war, etwas auf ein Blatt Papier zu kritzeln, saß eine blonde Frau um die fünfzig an einem kleinen Beistelltisch und tippte auf einem Rechner, ohne den Bildschirm eine Sekunde aus den Augen zu lassen.

»Wir sind ein bisschen zu früh dran«, sagte Magda mit einer schüchternen Stimme, die niemand von ihr kannte.

Schließlich sah der kleine Mann zur Gruppe auf, und sein strenger Gesichtsausdruck verwandelte sich in eine deutlich freundlichere Miene. Leni dachte belustigt an die Handelsvertreter, die immer mittwochmorgens an ihre Tür geklopft hatten.

»Bitte setzen Sie sich doch«, sagte der Chef und erhob sich höflich von seinem Stuhl.

Die Sekretärin verließ ihren Platz, um in einen anderen Raum zu gehen, und kehrte mit zwei zusätzlichen Stühlen zurück, die sie vor dem Chef aufstellte. Die kleine Gruppe trat in den Raum und nahm Platz.

»Also was kann ich für Sie tun?«, fragte der Mann und verschränkte die Arme auf dem Tisch.

»Erklär es ihm, Émile«, sagte Magda.

»Ich möchte, dass Leni und Hannah mit mir kommen«, begann Émile. »Ich bin bereit, alles Nötige zu bezahlen.«

Das Lächeln des Chefs verkrampfte sich.

»Ich liebe Hannah«, fuhr Émile fort. »Ich möchte ihr das Leben bieten, das sie verdient.«

»Ist das so? Und wie kommen Sie darauf, dass sie etwas Besseres verdient als das, was sie hier bei uns geboten bekommt?«

Émile drehte sich zu Hannah um, die den Kopf gesenkt hielt.

»Das ist nicht das richtige Leben für sie«, erklärte er.

»Aber Sie haben sie doch auch auf diesem Weg kennengelernt, wenn ich mich nicht täusche? Als Sie diesen Ort aufgesucht haben, wussten Sie sehr wohl, was Sie im Gegenzug für Ihr Geld bekommen.«

»Das stimmt«, antwortete Émile. »Seitdem habe ich Hannah kennen und lieben gelernt, ich bitte Sie darum, geben Sie mir eine Chance, sie glücklich zu machen.«

Der Chef kramte in einem Stapel Unterlagen.

»Na schön, von welcher Summe sprechen wir denn?«, fragte er.

»Hier ist alles drin«, sagte Émile, zog ein kleines Bündel aus seiner Tasche und legte es auf den Schreibtisch.

Der Chef öffnete das Bündel und prüfte es kurz. Er sah zu Émile hoch.

»Das wird leider nicht reichen.«

»Und ob! Da drin ist genug Geld, um für ein ganzes Jahr ihrer … ihrer Arbeit aufzukommen!«

»Ach, kommen Sie, jetzt beruhigen Sie sich mal. Sie wissen doch, dass man sich beim Geschäftlichen immer einig werden kann.«

Eine Welle der Angst durchfuhr Émile. Neben ihm sah sich Hannah um, als suchte sie nach einer Fluchtmöglichkeit.

»Sie könnten für mich arbeiten«, fuhr der Chef mit herzlicher Stimme fort. »Sie müssten mir nur hin und wieder einen Gefallen tun. Meinen Quellen zufolge kennen Sie sich damit bestens aus.«

Unter vier Augen hatte Émile Hannah ein ruhiges und friedliches Leben versprochen. Er hatte gesagt, er sei bereit, für sie seine ganzen Laster und Verbrechen aufzugeben. Dieses Versprechen hatte ihm schlaflose Nächte und Magenkrämpfe bereitet, und geblendet von seiner Liebe, hatte er das Desinteresse der jungen Frau an seinem Schwur nicht bemerkt. »Warum nicht, wenn es das ist, was du willst. Aber wie sieht es dann mit dem Geld aus? Wir werden doch immer genug haben, hoffe ich?«, hatte sie besorgt gefragt, während sie ihre Zigarette rauchte.

Und so erntete Émile, als er sich zu Hannah umdrehte und in ihrem Blick nach Missbilligung für eine derartige Abmachung forschte, nur ein undeutliches Achselzucken. Erschüttert, war er schon bereit, das Angebot auszuschlagen, als er plötzlich eine Hand auf seiner Schulter spürte.

»Lass dich nicht darauf ein«, sagte Leni.

»Halt den Schnabel!«, rief Magda und packte sie am Unterarm.

»Jetzt hast du die Gelegenheit, die richtige Entscheidung zu treffen«, sagte Leni und sah ihren Bruder an. »Entscheide dich für die Liebe. Mach dich frei von Korruption und werde der Mann, der unser Vater nie sein konnte.«

»Ich weiß nicht … Bei all dem Schlechten und der Schuld, die ich schon auf mich geladen habe … Ist das die Mühe überhaupt noch wert?«

»Freiheit gewinnt man nur mit Mut. Das sind deine eigenen Worte.«

»Ach, das habe ich doch nur so dahingesagt! Das war nichts als eine Lüge, wenn du es genau wissen willst. Ich habe dir das nur eingeredet, damit du ausziehst!«

»Aber alles, was du mir gesagt hast, hat sich als wahr erwiesen, ich bin jetzt frei.«

»Frei! Dass ich nicht lache! So sieht deine Freiheit also aus … Der Kopf völlig durcheinander, das Hirn ruiniert, und die Leber von Alkohol durchtränkt. Ich bin schuldig, und damit basta! Schuldig wegen Verrat! Da komme ich auf einmal auf ganz schlimme Ideen …«

»Schluss jetzt mit dem Drama!«, würgte der Chef ihn ab. »Das ist ja die reinste Seifenoper. Ich erwarte jetzt Ihre Antwort.«

»Was treibst du bloß? Jetzt sag schon zu, er wird dir einen guten Preis zahlen«, flüsterte Hannah Émile ins Ohr.

»Aber ich habe dir doch versprochen, ein guter Mensch zu sein und …«

»Darauf pfeifen wir jetzt aber. Na, womit willst du denn sonst das alles bezahlen, was du mir versprochen hast?«

»Ich suche mir eine anständige Arbeit.«

»Damit verdient man doch nichts. Du glaubst ja wohl nicht, dass ich meine Familie verlasse, nur um mit einem Gärtner zusammenzuleben! Wenn überhaupt … Wenn ich mir deinen Kenntnisstand so ansehe, landest du eher noch weiter unten. Und was soll dann aus mir werden? Wo sind nur meine Träume hin?«

»Hannah, ich bitte dich …«

»Nein. Du hast jetzt die Wahl. Entweder nimmst du das Angebot an, oder ich bleibe hier.«

»Schon wieder muss ich mich entscheiden! Warum tust du mir das an …?«

Émile starrte sie einen Moment an, und da er wusste, dass sie ihre Forderung nicht zurücknehmen würde, erklärte er halblaut:

»Abgemacht, ich arbeite für Sie.«

»Glänzend!«, jubelte der Chef. »Meine Sekretärin kümmert sich später um den Papierkram.«

»Und was ist mit ihr?«, fragte Magda, die Leni immer noch am Arm festhielt.

»Wer ist das?«

»Leni Müller.«

»Ach ja, Peter hat mir von dir erzählt. Er sagt, dass du kälter bist als ein Eisklotz, stimmt das?«

»Er hat es ja ein paar Mal probiert, der Arme, aber er konnte einfach nichts aus ihr rausholen«, fügte Magda hinzu.

»Hat dir dein Mann denn gar nichts beigebracht?«, setzte der Chef noch einen drauf.

»Überhaupt nichts! Deshalb hat der Arme wahrscheinlich auch das Weite gesucht«, spottete Magda.

Émile drehte sich zu seiner Schwester um. Seine Fäuste schlossen sich so fest zusammen, dass er spürte, wie sich die Nägel in seine Haut bohrten.

»Ich möchte sie mitnehmen«, sagte er.

»Machen Sie mit ihr, was Sie wollen. Nach dem, was mir berichtet wurde, ist sie für uns hier von keinerlei Nutzen«, sagte der Chef.

»Außerdem säuft sie wie ein Loch«, murmelte Hannah.

»Ich habe genug gehört, auf mich warten noch andere Termine. Geht jetzt!«

»Hast du verstanden? Pack deine Sachen und verschwinde«, sagte Magda und stieß Leni von sich.

Sie verließen im Gänsemarsch ohne ein weiteres Wort das Zimmer.

»Sie verstehen von all dem überhaupt nichts, nicht wahr, Leni?«, fragte der Chef und lachte hämisch.

»Ich hoffe ehrlich gesagt, dass es da nichts zu verstehen gibt«, antwortete sie.

»Ich bin auch nur ein Arbeitgeber.«

»Der Chef«, fügte Leni zynisch hinzu.

»Wenn Sie es genau wissen wollen, dieser Spitzname hat mir noch nie gefallen.«

»Er ist aber furchteinflößend und strahlt Autorität aus, das kommt Ihnen doch sicher ganz gelegen, um Ihre Macht zu behaupten.«

»Das stimmt.«

Er hielt einen Moment inne, faltete die Hände auf dem Tisch und fuhr gelassen fort:

»Wenn Sie erlauben, möchte ich mit Ihnen gern eine andere Sicht auf unsere Geschichte teilen. Wahrscheinlich sehen Sie so selbst, was für ein falsches Bild Sie von der Realität haben.«

»Ich höre«, antwortete Leni und setzte sich auf einen Stuhl.

Der Chef stand auf und atmete tief ein.

»Schön, schön … Stellen Sie sich ein Gemälde vor, Leni«, begann er in einem belehrenden Ton. »Eine in Sonnenlicht getauchte Bilderbuchlandschaft, in der der Himmel die Farbe des Meeres annimmt und sich nur ein brauner Umriss am Horizont abzeichnet. Ein Paar betrachtet dieses Gemälde jeden Tag beim Aufwachen. Sie kennen es so gut, dass sie in der Lage wären, es aus dem Gedächtnis mit geschlossenen Augen wiederzugeben.«

Leni dachte an das Bild über dem Bett ihrer Eltern und daran, wie ihre Mutter jeden Sonntag den Rahmen abgestaubt hatte. Ein alter, wertloser Schinken, den sie auf dem Flohmarkt aufgestöbert hatten. Rosa stellte sich auf das Bett und heftete den Blick darauf, während sie die Hoffnung hegte, eines Tages diesen Strand entlanggehen zu können.

»Und dann, an einem beliebigen Morgen, löst sich ein Farbsplitter vom Gemälde und erregt die Aufmerksamkeit des Paares«, fuhr der Chef mit einem etwas lächerlichen Hang zur Spannung fort. »Dort in der Ecke verändert sich nach und nach der Farbton der Landschaft. Als sie an der Oberfläche kratzen, entdecken sie, dass der Maler, von dem sie geglaubt haben, dass er sich bei seinen ersten Pinselstrichen von der Schönheit der Welt inspirieren ließ, in Wahrheit die Hölle nachbilden wollte. Ein verfluchter, seelenloser Ort offenbart sich den Eheleuten da auf einmal. Der Himmel ist rot wie Blut und der Sand weiß und schmutzig wie Knochenstaub.«

Leni hörte schweigend zu.

»Merken Sie sich, Leni, was der Mann auf diese Weise verbergen wollte«, sagte er. »Die von ihm begangenen Verbrechen sind wie Unkraut, deren Wurzeln an verschiedenen Stellen wieder nachwachsen. Sie entfernen eine im hinteren Teil des Gartens, und schon taucht eine neue in der Nähe des Zauns auf. Der Maler wollte sein Ideal zwar bewahren, aber offenbar hat er sein Ziel verfehlt.«

»Vielleicht wollte er aber auch, dass man die Kehrseite seiner Szenerie entdeckt«, hielt Leni dagegen.

»Das ist möglich«, sagte der Chef. »Sicher ist jedenfalls, dass ihm bewusst war, was geschehen würde, wenn man ihm eines Tages auf die Schliche käme. Denn wenn erst einmal das frühere Bild des Malers enthüllt wäre, und selbst wenn dieses Werk denselben ästhetischen, poetischen Wert des Gemäldes der Eheleute hätte, würden die Besitzer sich darüber aufregen, dass sie jetzt nicht mehr die sonnige Landschaft betrachten können, und würden es sich vom Hals schaffen wollen.«

Der Chef starrte Leni schweigend an, dann sagte er:

»Also tun Sie nicht so, als würden Sie nichts sehen. Und jetzt verschwinden Sie von hier.«

Leni verließ ohne ein Wort das Zimmer, die seltsame Geschichte schwirrte ihr im Kopf herum. Die furchterregenden Geräusche im Flur waren verstummt, es war wieder Ruhe eingekehrt. Zurück im Barraum, sah sie Peter beim Billardspielen. Als sie an ihm vorbeiging, begegnete sie seinem spöttischen Blick. Sie ging weiter, ohne ihm Aufmerksamkeit zu schenken, aber da sie ein letztes Mal sein Gesicht sehen wollte, drehte sie sich noch einmal um und entdeckte darin eine fast unmerkliche Traurigkeit. Plötzlich fragte sie sich, ob er es bereute, dass er sie die ganze Zeit über angelogen hatte. Hatten ihm all diese gemeinsam erlebten Momente nie etwas bedeutet? Leni verspürte den Wunsch, ihm zu verzeihen. Ja, dafür hatte sie nun genug Stärke. Die Stärke, sofort alles zu verzeihen. Die Kraft, den zu lieben, der sie hatte zugrunde richten wollen. Das war es also, dachte sie plötzlich.

Leni packte ihre Sachen in die Tasche. Magda stand mit verschränkten Armen am Fenster und sah ihr dabei zu.

»Mich macht die Schönheit krank«, sagte sie, ohne sich zu rühren. »Ich hätte das Gemälde behalten, von dem der Chef gesprochen hat, und es gegenüber von meinem Bett aufgehängt als Erinnerung daran, dass man in einer Welt wie der unseren seine Zeit nie mit Hoffnung vergeuden sollte.«

Leni hatte sich aufs Bett gesetzt, um sich eine Zigarette anzuzünden, während Magda weitersprach. Nach einer Weile hatte sie das seltsame Gefühl, dass die Stimme der Frau langsam ausklang, wie ein Gemurmel. Ein anderer, Rosas Tonfall war aufgetaucht. Dann erklang im Hintergrund Lenis eigene Stimme. Die drei Stimmen verwoben sich auf selbstverständliche Weise: *Ich hätte eine große Pianistin werden können, wahrscheinlich war ich nicht ausdauernd genug, sagte Rosa. Dabei hatte ich die Wahl. Es hat mich nur niemand ermutigt, und da mein Wille nicht außergewöhnlich stark war … Schaufel und Besen, das Erbrochene meines Mannes aufwischen, mir seine Klagen mit anhören, den Kindern vor dem Einschlafen Geschichten vorlesen, dafür ist meine Energie während all dieser Zeit draufgegangen. Meine ganze Lebenszeit, um ehrlich zu sein.*

Ich hätte eine große Pianistin werden können. Also warum habe ich nichts daraus gemacht? Es gibt Tage, da erkenne ich mich selbst nicht mehr wieder. Wer bin ich? Meine Tochter wirft mir mein Spiegelbild an den Kopf, fuhr Magda fort. Wenn ich sie aus dieser Dunkelkammer herauskommen sehe, mit ihrem schlaffen, leblosen Körper, schlage ich mir kräftig an die Brust, damit mein Herz nicht stehenbleibt. Mir all diese Männer über ihr vorzustellen … Hannahs Vater ist abgehauen, als er erfahren hat, dass ich schwanger war. Damals besaß ich gar nichts mehr, und dieser Mann, der Chef, hat mir einen widernatürlichen Pakt angeboten. Mein Kind zu verkaufen. Ich hätte mich gern an ihrer Stelle geopfert. Das Problem war, dass ich nicht mehr besonders jung war und niemand für meine Dienste hätte bezahlen wollen. Hat es einen Vertrag gegeben? Ich sehe mich ihn noch unterzeichnen … Ich weiß es nicht mehr. Oh, Magda, manche Dinge kann man einer Mutter nicht verzeihen!, rief Rosa. Ich habe mich für meine beiden Kinder aufgeopfert, und jetzt sieh dir nur das Ergebnis an. Émile ist ein wildes Tier geworden, das keinem Verbrechen widerstehen kann, während die andere, Leni, ziellos und übergeschnappt durch die Straßen irrt. Ihr feiger Ehemann hat sie hinausgeworfen wie Müll. Das sind also unsere Optionen? Aufopfernde Mutter, Rabenmutter oder Hurenmutter? Ich habe nie daran gedacht, ein Kind mit Ivan zu bekommen, sagte Leni. Er selbst hat nie darüber gesprochen. Was hätte ich dem Kind schon bieten können? Kaum hätte es die Augen geöffnet und seinen ersten Schrei ausgestoßen, da hätte mich schon die Schuld bis auf die Knochen zerfressen. Hätte ich ihm meine Geschichte erzählen und so tun sollen, als hätte ich den Sinn des Lebens begriffen? Niemand kennt die Wahrheit. Und wenn die Kinder, sobald sie älter sind, nicht mehr an die Geschichte von

Jesus glauben?, schluchzte Rosa. Sieh dir nur deinen Vater an,
der Priester hat ihm nicht das letzte Geleit gegeben. Er hat sich
für ihn geschämt! Bei der Totenwache haben die Leute den Blick
von seinem Leichnam abgewandt.

»Émile ruft mich, ich muss jetzt los«, sagte Leni und nahm
ihre Tasche. »Sie könnten mit uns kommen, Magda.«

»Mein Platz ist hier«, antwortete sie mit trockener Kehle.
»Versprich mir, auf Hannah aufzupassen.«

Leni zögerte, Magda ihr Wort zu geben, da sie nicht mit Be-
stimmtheit sagen konnte, ob sie es würde halten können.

»Meine Tochter weit weg von hier zu wissen reicht mir«,
sagte Magda. »Sie ist nicht mal gekommen, um sich von mir zu
verabschieden, nicht mal ein Blick. Ach, ich verstehe sie ja …
Ich glaube, wenn sie weg ist, bringe ich mich um.«

»Tun Sie das nicht, Magda«, sagte Leni. »Das wäre doch
sinnlos.«

»Es ist meine Anwesenheit auf der Erde, die sinnlos ist. Man
sperrt ja auch die Verbrecher ins Gefängnis, weist die Verrück-
ten in die Irrenanstalt ein, lässt die Bettler auf der Straße klagen. Und was macht man mit all den anderen? Man erwartet
wahrscheinlich von ihnen, dass sie sich still und leise umbrin-
gen, um sie nicht aus dem Augenwinkel anblicken zu müssen!«

»Nicht zur Tat zu schreiten ist Strafe genug.«

»Du meinst, daran zu denken und dennoch zu widerstehen?«

»Ganz genau.«

»Das wäre ja furchtbar …«, überlegte Magda. »Das wäre, als
würde man leben und gleichzeitig tot sein.«

Sie setzte sich aufs Bett.

»Ich glaube nicht, dass ich das fertigbringe«, fuhr sie fort.

»Ich werde vorher schwach, so viel steht fest. Eines Morgens werde ich versucht sein, mir das Leben zu nehmen.«

»Dann wird Ihnen niemals vergeben.«

Leni verließ das Zimmer und ging hinunter zu Hannah und ihrem Bruder, die im Auto auf sie warteten. Magda wiederum würde wahrscheinlich bis zum nächsten Morgen dort sitzen bleiben.

12

SIE WAREN HÖCHSTENS zehn Minuten gefahren, bis sie das Hotel erreichten. Während der Fahrt teilte Émile Hannah und Leni mit, dass seine Wohnung nicht komfortabel genug sei, um sie zu beherbergen, und dass sie in einer Pension unterkommen müssten, bis sich seine finanzielle Situation verbessert habe. Diese unerwartete Ankündigung führte zu einem Streit mit Hannah. Sie warf ihm seine Nachlässigkeit vor, seine Unreife, seine Planlosigkeit und seine Angewohnheit, Versprechen nie einzuhalten.

»Ein schäbiges Hotelzimmer, mehr hast du mir nicht zu bieten!«, tobte sie, während sie die Hände vor dem Gesicht zusammenballte.

»Es ist doch nur vorübergehend, mein Schatz ...«, antwortete er und strich ihr zärtlich über den Arm. »Gib mir noch ein bisschen Zeit, ich verspreche dir ...«

»Schon wieder Versprechen!«, schrie sie und riss sich los. »Wie dumm war ich, dass ich dein Geschwätz geglaubt habe.«

»Es ist doch nur für ein oder zwei Nächte.«

»Ich hätte lieber dortbleiben sollen.«

»Sag so was nicht!«

»Du bist auch nicht besser als die anderen Kunden, das wird mir jetzt klar. Wofür hältst du dich eigentlich?«

Eine unkontrollierbare Wut kochte in Émile hoch. Er verpasste Hannah eine Ohrfeige. Sie erstarrte einen Moment, dann erwiderte sie den Schlag gleich dreifach, woraufhin er das Lenkrad losließ. Das Auto fuhr in Zickzacklinien, bis es wieder in die Spur kam. Leni saß hinten und beobachtete die Häuser. Plötzlich wurde ihr bewusst, dass ihr Kreuzweg, dieser lange Fußmarsch durch den Schnee, der ihr bei ihrem Auszug so viel Mühe und Schmerzen bereitet hatte, nicht einmal einen elendig hinkenden Hund eingeschüchtert hätte. Ein kleiner Kreis aus nassem Beton, das ist ja wohl kaum eine ernstzunehmende Prüfung, dachte sie belustigt.

Der Rezeptionist des Hotels, ein glatzköpfiger, kränklich aussehender, gedrungener Mann, stellte keine Fragen. Er reichte Émile höflich den Zimmerschlüssel und versicherte, dass ganz bestimmt ein Beistellbett herbeigeschafft werden würde. Der Empfangstresen befand sich im Untergeschoss und war in eine beunruhigende Dunkelheit getaucht. Eine Reihe von vier quadratischen Fenstern erstreckte sich im hinteren Teil des Raums, sie lagen auf derselben Höhe wie der Gehweg in der Schildhornstraße. Es musste gegen zehn Uhr abends sein. Ein paar Autos fuhren langsam vorbei und stoppten vor dem großen Fußgängerübergang bei der Auffahrt zur Ringautobahn, bevor sie ihren Weg fortsetzten. Rechts neben dem Tresen lümmelte ein Gast auf einem dunklen Holzstuhl und schlief, den Kopf in den Armen vergraben. Auf dem Tisch lag ein umgekipptes Glas Bier. Der Mann gab ein Grunzen von sich und versuchte, sich aufzurichten, aber seine Arme gaben nach, und sein Körper sackte schlaff zurück in die Alkohollache. Hannah, Émile und Leni stiegen hinauf in den dritten Stock. Das Zimmer war ganz gewöhnlich möbliert, nur mit dem Nötigsten.

Ein Doppelbett, ein Sessel, ein Schreibtisch und ein Holz-schrank. Noch ganz mitgenommen von ihrem Streit mit Émile, beschloss Hannah, unten in der Bar einen Absacker zu trinken, und knallte die Tür hinter sich zu. Émile spürte, wie es ihm die Kehle zuschnürte. Er setzte sich aufs Bett. Allein mit ihrem Bruder, holte Leni ihre Sachen aus der Tasche und räumte sie in den Kleiderschrank.

»Hannah liebt mich nicht. Sie wird mich nie lieben«, sagte Émile und schlug die Hände vors Gesicht.

Leni hörte ihm zu und räumte weiter auf.

»Ich dachte, dass hier alles anders werden würde, aber da habe ich mich wohl geirrt«, fuhr er fort, den Blick weiter auf den Boden gerichtet. »Ich wusste, dass ich ihr nichts bieten kann.«

»Wenn du es gewusst hast, warum hast du sie dann herge-bracht?«, fragte Leni.

»Aus Liebe wahrscheinlich.«

Émile stand auf, dann ging er zur Minibar und holte ein Fläschchen Wodka heraus.

»In dieser Stadt wird man wahnsinnig«, sagte er und trank den Wodka in einem Zug aus. »Wir leben wie hochmütige, widerliche Tiere mit Gedächtnisschwund in einem angeblich zivilisierten Gehege. Nur so reine Wesen wie du, Leni, spüren die Verletzungen dieses verlogenen Lebens. Du bist dir der Welt zu sehr bewusst, das hat dich den Kopf verlieren lassen. Und dann dieser Zweifel … dieser grauenvolle Zweifel, er zer-reißt mich noch innerlich!«

»Von welchem Zweifel redest du denn?«

»An allem. Ich zweifle an absolut allem! Willst du die Ge-schichte hören, über dieses Gefühl, mit dem auch du dich quälst? Ich erzähle dir alles, genau so, wie ich es in Erinnerung behalten habe.«

Émile begann zu erzählen. In einem kleinen Dorf im Süden zirpten die Grillen. Rosa und ihr Mann Christian hatten die Stadt verlassen, um sich Ferien zu gönnen. Es war das erste Mal, dass sich das Paar eine solche Reise leisten konnte. Zu diesem Anlass hatten sie ein Häuschen in der Nähe eines Waldes gemietet. Rosa, die zunehmend die Geduld verlor und sogar eine Scheidung in Erwägung zog, hatte die Hoffnung, dass ihr Mann seine schlechten Angewohnheiten ablegen würde, wenn er sich von seinem zweifelhaften Umgang und den diversen Versuchungen fernhielt. Als sie eine Runde durch den Garten machte, um das Gemüsebeet zu gießen, und Christian in der Laube scheinbar ruhig und entspannt ein Sonnenbad nehmen sah, dachte sie, dass sich ihr Wunsch vielleicht erfüllen würde. Allerdings ließen sie ihre Erfahrung und die vergangenen Enttäuschungen auf der Hut bleiben. Denn, was Rosa nicht wusste, war, dass sich ihr Mann mithilfe einfallsreicher Tricks immer noch heimlich betrank. Er nutzte zum Beispiel die Gelegenheit, wenn seine Frau einkaufen ging, um in seinen Morgentee einen ordentlichen Schuss Schnaps zu kippen, der hinter der Schlafzimmerkommode unauffällig in Flaschen aufgereiht war. Außerdem, angeblich um wieder zurück zu den Wurzeln und zur Natur zu finden, verließ Christian im Morgengrauen mit der Jagdflinte auf dem Rücken die Hütte. Er ging durch die Markthallen und überquerte die Brücke, um in den Wald zu gelangen, der den Fluss säumte. Die Dorfbewohner, die wegen seines torkelnden Gangs und dem Kaliber seines Gewehrs stutzig geworden waren, fragten ihn, was er im Wald vorhatte.

»Ich gehe auf Hasenjagd«, antwortete Christian mit schwerer Zunge.

»Sehen Sie sich lieber vor, ohne Jagdschein dürfen Sie hier keinen Finger krümmen«, warnte ihn einer der Dorfbewohner.

»Dann tue ich ihnen eben nichts.«

Gegen Mittag hörte man ein paar Schüsse, und Scharen von Sperlingen flogen wie Bienenschwärme über den Baumwipfeln in die Höhe.

Vor Einbruch der Dunkelheit durchquerte Christian unter dem Geraune der am Straßenrand sitzenden alten Männer erneut das Dorf. Rosa und die beiden Kinder empfingen ihn in der Küche mit dem Abendessen. Wenn seine Frau sich wunderte, dass er keine Beute mit nach Hause brachte, erzählte er entweder, die Konkurrenz habe den Wald schon lange vor ihm durchkämmt, oder er habe sein Ziel verfehlt. Da Rosa auf dem Gebiet der Jagd nicht sonderlich bewandert war, nickte sie nur, ohne weitere Fragen zu stellen, und gab ihm noch eine Portion Salat und weiße Bohnen in Senfsoße auf den Teller.

Im Sommer ging die Sonne nicht vor neun Uhr unter. Christian spielte mit Leni und Émile im Garten Ball, während Rosa den Kindern ein Bad einließ. Abends wünschte der Vater ihnen eine gute Nacht. Doch als er an diesem Tag die Tür schließen wollte, sagte sein achtjähriger Sohn:

»Ich will mit dir auf Kaninchenjagd gehen.«

»Du kannst doch gar nicht mit dem Gewehr schießen, mein Sohn«, antwortete Christian ihm sanft. »Schlag dir das aus dem Kopf.«

»Du kannst es mir doch beibringen.«

»Nein.«

»Dann folge ich dir in den Wald.«

»Das wirst du schön bleiben lassen. Schlaf jetzt.«

Die Tage vergingen. Rosa saß auf der schattigen Terrasse und löste ein Kreuzworträtsel. Das Morgenlicht war gelb, der Himmel makellos blau. Die Wespen summten. Der Garten, durch den sich Querstreifen mit Gemüsebeeten zogen, reichte bis zur Gittertür am Haupteingang, hinter dem eine gerade Straße zum Dorf führte. Die Besitzer hatten unter jeden Baum Eimer gestellt, die von schon faulendem Obst überquollen, dessen süßlicher Geruch bei Rosa Übelkeit hervorrief.

Leni und Émile vertrieben sich im Garten die Zeit damit, die Grillen aus ihren Löchern zu verjagen. Sie steckten einen Stock hinein und drehten ihn hin und her. Wenn das Insekt herauskrabbelte, umschloss Émile es mit der Hand und schüttelte es ein bisschen, um es zirpen zu hören. Nachdem sie zehn Grillen eingefangen hatten, wurde ihm jedoch langweilig. Er fragte Rosa, ob sie im Bach unterhalb des Hauses schwimmen gehen durften. Die Mutter erlaubte es, unter der Bedingung, dass sie vor dem Nachmittagsimbiss wieder zu Hause wären. »Wehe, ich muss zweimal nach euch pfeifen«, sagte sie und deutete streng auf das Instrument, das sie um den Hals trug. Émile nahm Leni an der Hand und zog sie mit ins Gehölz. Die Stelle war ruhig und menschenleer. Am Flussufer war ein kleiner Kahn mit einer Leine an einem Baumstamm festgebunden. Émile löste den Knoten, während er mit einem Fuß das Boot festhielt, dann hob er seine Schwester hoch und setzte sie auf eines der Sitzbretter. Als das geschafft war, ging er ins Wasser, schob den Kahn an und sprang zu ihr hinein. Er nahm das Ruder an sich und steuerte ihren Kurs. Trotz der nur leichten Strömung trieben sie bis zum Dorf. Als sie unter der Brücke hindurchfuhren, bemerkten sie eine Gruppe Dorfbewohner, die an der Uferböschung Bier tranken, und ringsherum Kinder, die mit den Füßen im Wasser standen und mit Schlägern Ball spielten. An dieser Stelle war der Fluss nicht sehr tief. Émile spürte immer mehr, wie die Kieselsteine am Rumpf des Kahns entlangschleiften, der irgendwann auf Grund lief. Er musste aus dem Boot springen und es in tieferes Gewässer schieben. Da pfiff ein Dorfbewohner nach ihm. Der Mann trug einen großen Strohhut, unter dem man einen Teil seines faltigen, sonnverbrannten Gesichts sehen konnte. In ein verwaschenes beigefarbenes Hemd und eine braune Baumwollhose gekleidet, lag er im Schatten eines Apfelbaums im Gras, eine selbstgedrehte Zigarette zwischen den Zähnen.

»Brauchst du vielleicht Hilfe, Kleiner?«, fragte er und räusperte sich.

Émile zuckte zusammen. Da er zu beschäftigt damit gewesen war, das Boot aus der Sackgasse zu befreien, hatte er den Mann am Ufer gar nicht bemerkt.

»Nein, vielen Dank, das schaffe ich allein«, antwortete er außer Atem und mit schmerzenden steifen Armen.

Die Steinhaufen und der Sand unter dem Rumpf hinderten ihn am Weiterschieben. Der Mann grummelte und rief dem Kind zu:

»Ich sag dir, damit wirst du nicht allein fertig. Das Wasser wird erst in ein paar hundert Metern wieder tiefer. Siehst du die Trauerweide da hinten?«, fragte er und deutete zum Horizont.

»Ja«, sagte Émile und nickte.

»Auf dieser Höhe nimmt der Fluss wieder an Fahrt auf und bringt dich bis zum Wald.«

Auch wenn der Junge erleichtert war über die Erklärung, wie er zu seinem Vater kommen würde, regte sich eine seltsame Angst in seinem Bauch.

»Dann sehen wir ja Papa!«, schrie seine Schwester und sprang auf.

»Halt die Klappe, Leni«, wies Émile sie an und gab ihr einen Klaps auf die Schulter.

Der Dorfbewohner krempelte den Saum seiner Hose bis zu den Knien hoch, wobei er seine dünnen, gebräunten Beine entblößte, die aussahen wie zwei angesengte Äste. Er stieg zu Leni und ihrem Bruder ins Wasser.

Als er ihn näher kommen sah, spürte Émile, wie er vor Angst einen ganz trockenen Hals bekam, und er schob mit aller Kraft am Boot. Vergeblich. Der Mann zog an seiner Zigarette und baute sich vor ihnen auf.

»Sagt mal, ihr seid doch nicht etwa die Kleinen von Christian?«

»Sie kennen unseren Vater?«, fragte Émile.

»Wir haben uns neulich ein bisschen in der Markthalle unterhalten. Dein Alter trinkt jedenfalls nicht nur Süßwasser, aber er ist kein übler Kerl. Na ja, ich hab ihm gesagt, dass es ganz schön leichtsinnig ist, wenn einem in diesem Zustand die Waffe so am Hintern klebt. Das hier ist ein kleines Dorf, seit ein paar Tagen wird hier jede Menge getratscht.«

Abends, wenn Christian mit leeren Händen heimkehrte und über den Dorfplatz zum Haus ging, musste er das Gehänsel der Einwohner über sich ergehen lassen, die ihm wenig schmeichelhafte Spitznamen verpassten, und die Gerüchteküche brodelte. Manche sagten, dass er dafür trainierte, seine Familie um die Ecke zu bringen, andere meinten, dass er vom Alkohol und von der Hitze verrückt geworden sei und es besser wäre, die Polizei zu verständigen, bevor noch ein Unglück geschehe.

»Er jagt Kaninchen«, erklärte Émile wütend.

»Wegen ein paar Hasen ballert dein Vater aber ganz schön herum«, antwortete der Mann. »Heute Morgen hat er da hinten schon das reinste Feuerwerk abgeschossen. Mich würde ja wirklich interessieren, wo dein Alter das Jagen gelernt hat.«

Mit einem Fingerschnippen warf der Mann die Zigarette ins Wasser und kam Émile zu Hilfe, indem er den Kahn an der Anlegeleine zog. Leni beugte den Kopf vor und tauchte die Finger ins Wasser, um die Kaulquappen zu fangen, die sie unter der Wasseroberfläche schwimmen sah. Sie erreichten die Trauerweide. Der Mann lockerte die Leine, zog ein Päckchen Tabak aus der Tasche und drehte zwei Zigaretten, eine für sich und eine für Émile. Der Junge nahm sie an, nicht ohne dabei ein bisschen anzugeben, tat so, als würde er schon sein ganzes Leben rauchen, und ließ sich die Gedrehte anzünden.

»Wenn du deinen Vater siehst, sag ihm, er soll mit dem Theater aufhören«, sagte der Mann und hielt das Boot fest. »Ich wäre nicht überrascht, wenn die Alten mit ihm abrechnen, bevor er ein einziges Rebhuhn schießt. Vor allem, nachdem, was er mit Lars' Tochter gemacht hat …«

Stille.

»Wenn sie ihn erwischen, ist es aus mit ihm. Na los, steig schon ein!«

Émile sprang in den Kahn, dankte dem Mann für seine Hilfe und ruderte Richtung Wald. Nach nicht einmal zehn Minuten erreichten die Kinder den Waldrand. Kaum waren sie durch den dichten, nur von ein paar Lichtstreifen durchbrochenen Pflanzenwuchs gefahren, als sie in der Ferne zwei Schüsse hörten, gedämpft durch das Tosen der Stromschnellen, die sie gerade durchquert hatten. Der Junge legte das Ruder ab und ließ das Boot flussabwärts treiben. Der Gesang des Waldes hatte Leni in den Schlaf gewiegt. Émile dagegen lag auf der Lauer. Sein ungeduldiger und besorgter Blick suchte stumm das Ufer ab. Plötzlich entdeckte er Christians torkelnde Gestalt durch das Blätterdickicht. Er nahm das Ruder wieder auf, bremste das Boot, um sich dem Ufer zu nähern, und band es an einem dicken Ast fest, der über die Böschung ragte. Leni öffnete langsam die Augen. Unter ihren von der Feuchtigkeit ganz schweren Lidern zogen orangerote Formen vorbei. Die ausgestreckte Hand ihres Bruders, der ihr aus dem Boot heraushalf, erinnerte sie an eine seltsame Frucht. Ein neuer Schuss, gefolgt von einem heiseren Schrei, ließ Émile aufschrecken. Hand in Hand machten sich die beiden Kinder auf die Suche nach ihrem Vater. Sie näherten sich ihm von hinten, seine Flinte hatte er nach vorn gerichtet. Als Leni knackend auf einen Ast trat, drehte er sich mit einem Ruck um.

»Was treibt ihr denn hier?«, schrie Christian und richtete das Gewehr auf sie.

»Wir sind gekommen, um dir beim Kaninchenjagen zu helfen«, antwortete Émile und hob die Arme.

»Verdammt noch mal, ich habe dir doch gesagt, du sollst zu Hause bei deiner Mutter bleiben!«

»Im Dorf machen sich alle lustig über dich, weil du nie was mit heimbringst. Aber wenn ich dir helfe, können wir …«

»Halt die Klappe!«, brüllte Christian. »Diese Idiotenbande begreift überhaupt nichts.«

Émile traute sich nicht mehr, ein einziges Wort zu sagen. Neben ihm beobachtete Leni das Geschehen wie im Halbschlaf.

»Komm her«, sagte Christian zu seinem Sohn.

Émile ging auf ihn zu und bemerkte fast sofort, dass sein Atem nach Alkohol stank. Der Vater hatte glasige Augen und eine schwere Zunge. Sein irrer Gesichtsausdruck, zwischen Lachen und Weinen, verstörte den Jungen, der plötzlich Angst hatte, in seiner Nähe zu bleiben. Leni hockte etwas abseits unter einer Eiche und pinkelte.

»Du willst also schießen lernen?«, fragte Christian spöttisch.

»Ich weiß nicht …«, antwortete Émile schüchtern.

»Jetzt oder nie. Oh …«, sagte der Vater und zog die Nase hoch, »hier hat wohl jemand Muffensausen …«

»Überhaupt nicht!«, rief der Junge. »Ich will schießen!«

»Dann nimm es«, sagte Christian und drückte seinem Sohn das Gewehr in die Hand. »Jetzt musst du nur noch auf den Abzug drücken.«

Christian stand vor mir, fuhr Émile fort, sein Oberkörper bereit für den Einschuss, der ihm mit Sicherheit die Haut durchlöchern würde. Ich erinnere mich, dass ich ihm zugeschrien habe, er solle zur Seite gehen, aber er rührte sich nicht. Er hat angefangen, auf mich einzureden, dass ihn jedes Mal sein Mut verlasse, dass er schon tagelang hier im Wald herumirre und sein Gewehr an die Schläfe drücke. Aber da er sich im letzten Moment immer nicht dazu durchringen konnte, es zu Ende zu bringen, hat er in die Luft geschossen. Ein Schuss nach dem anderen in die Luft! Und als Christian mir die schlimmsten Abscheulichkeiten verriet, die auf sein Konto gingen – Ehebruch, Sauferei, Verrat in jeder Hinsicht, Missbrauch von Rosa –, habe ich mir gedacht, dass er im Grunde vielleicht zu Recht verschwinden wollte. Seine Verbissenheit, sterben zu wollen, ohne sich zum letzten Schuss durchringen zu können, erschien mir plötzlich erbärmlich. Ich fühlte mich beklommen oder vielmehr gereizt. Und dann wurde ich böse auf ihn. Seine Schwäche widerte mich an. Sein endloses Geschrei, seine närrische Gefühlsduselei machten mich wahnsinnig vor Wut. Die Raserei verzehrte mich völlig. Ein tiefer Hass hat mich gepackt, als ich ihn vor mir weinen sah. Niemals hätte ich geglaubt, dass mich so eine Wut beherrschen könnte. Genug! Du willst es doch nicht anders, habe ich plötzlich gedacht, und das Gewehr auf ihn gerichtet. Da hast du meine Hilfe! Ich habe die Augen zugemacht und ein einziges Mal geschossen. Aber gleichzeitig knallten mehrere Schüsse durch die Luft. Als ich die Augen wieder aufschlug, sah ich in der Ferne zwei bewaffnete Typen direkt hinter Christians Körper. Bestimmt die Dorfbewohner, von denen der Mann gesprochen hatte. Sie hatten auch auf ihn geschossen. Ein unerträglicher Zweifel durchbohrte uns alle drei. Wir haben uns einen Augenblick reglos angesehen, immer noch mit erhobenen Waffen. Wer von uns hatte zuerst geschossen? Wer war der Mörder meines Vaters? Ich bin mit dir auf dem Rücken zum Boot gerannt und wie ein Verrückter nach Hause gerudert, wo Rosa auf uns wartete.

Mit einem Geschirrtuch habe ich mehrere Schläge auf den Po bekommen, weil ich nicht auf ihre Rufe geantwortet hatte, und wir haben schweigend zu Abend gegessen. Endlich ging die Sonne unter und gönnte uns einen Augenblick Ruhe. Der Himmel war noch hell, durchzogen von den weißen Kondensstreifen der Flugzeuge, die du doch immer so gern zum Spaß mit dem Finger verfolgt hast. Ich erinnere mich, dass wir an diesem Abend noch zusammen gebadet haben. Das Wasser war lauwarm. Auf der Oberfläche trieb ein fettiger Schaum aus

Lavendelseife, der an den Wänden der alten Badewanne aus Fayence hängen blieb. Das offen stehende kleine Fenster im Badezimmer ging auf den Garten hinaus, der von einem blassblauen, fast violetten Licht erhellt wurde. Wir hörten ein paar Grillen, das Brummen der Insekten, die Rufe des Kuckucks und das Klappern der Teller in der Spüle. Diese Stimmung hat mich plötzlich so beruhigt, dass ich für eine Weile vergessen habe, was im Wald passiert war.

Das Geräusch von Schritten auf dem Kiesweg, dann die Stimme einer Frau. Rosa hat den Wasserhahn zugedreht, das Geschirr stehenlassen und ging hinaus in den Garten zur Nachbarin. Ich habe ihr Gespräch mit angehört. Christian war immer noch nicht nach Hause gekommen, wahrscheinlich hing er noch in der Kneipe herum. Rosa war immer verzweifelter über das Verhalten ihres Mannes, sie hat der Frau anvertraut, dass sie ihn schon mehrmals hatte verlassen wollen, aber dass sie diese Vorstellung, auch wenn sie vernünftig war, mit Schuldgefühlen erfüllte. »Wenn ich ihn jetzt verlassen würde, dann würde ich ihm den Todesstoß versetzen«, sagte sie. Woraufhin die Nachbarin ihr antwortete: »Am Ende wirst noch du dran glauben müssen, wenn du ihn weiter so in Schutz nimmst. Denk an die Kinder, was für eine Zukunft sollen sie sich mit so einem Vater denn aufbauen?« Sie schenkte Rosa einen Korb mit Marmelade und Keksen, wünschte ihr viel Glück und ging dann wieder zu sich hinüber.

Am nächsten Morgen hat das Telefon geklingelt. Christian war tot im Wald gefunden worden, er hatte sich eine Kugel in den Mund gejagt. In seiner linken Hand hielt er eine Kleinkaliber-Pistole. Als Todesursache wurde Suizid durch Schusswaffe angegeben.

»Was hast du im Wald gesehen, Leni? Wer hat Christian umgebracht?«, fragte Émile.

»Ich erinnere mich nur noch daran, wie er umgefallen ist.«

»Und wer hat zuerst geschossen?«

»Ich weiß es nicht.«

»Hast du gar keinen Verdacht?«

»Doch.«

»Welchen denn?«

»Dass nichts jemals existiert hat.«

Ein Hupen ertönte. Émile sprang mit einem Satz aus dem Bett, um einen Blick auf die Straße zu werfen. Vier schwarzgekleidete Männer hatten sich im Kreis vor dem Hotel versammelt.

»Ich muss los, sie warten auf mich«, sagte Émile und hob seine Jacke auf.

»Wer denn? Wer sind diese Männer?«

»Sag Hannah, dass sie mir verzeihen soll. Sie hatte recht, sie verdient einen besseren Typen als mich.«

»Bitte, tu das nicht, bleib.«

Émile küsste seine Schwester auf die Stirn.

»Wir haben dasselbe erlebt, und trotzdem sind wir nicht in der Lage, uns über die wichtigsten Fakten einig zu werden. So was nennt man wohl eine Tragödie. Es kommt immer ein Moment, in dem sich alles, was man für wahr gehalten hat, mit der Zeit verformt, und gerade diese kleinen Details machen das Leben so grausam, findest du nicht? Hast du nicht auch gesehen, wie dieser Mann im Park umgefallen ist?«

»Wer war das?«

»Niemand. Ein purer Zufall.«

Lächelnd fügte er hinzu:

»Ein Fremder, der nicht mehr leben wollte. Ich sag dir, er wird nicht der Letzte gewesen sein.«

Leni öffnete die Augen. Das Zimmer war in Dunkelheit getaucht. Sie lag auf dem Bett, schaltete die Nachttischlampe ein und stellte fest, dass sie allein war. Émile war gegangen. Sie bemerkte ein kleines Buch auf dem Schreibtisch und stand auf, um es aus der Nähe zu betrachten. Auf der aufgeschlagenen Seite konnte man eine Stelle aus dem Matthäusevangelium lesen: »Und alsbald drängte Jesus die Jünger, in das Boot zu steigen und vor ihm ans andere Ufer zu fahren, bis er das Volk gehen ließe. Und als er das Volk hatte gehen lassen, stieg er auf einen Berg, um für sich zu sein und zu beten. Und am Abend war er dort allein. Das Boot aber war schon weit vom Land entfernt und kam in Not durch die Wellen; denn der Wind stand ihm entgegen. Aber in der vierten Nachtwache kam Jesus zu ihnen und ging auf dem Meer. Und da ihn die Jünger sahen auf dem Meer gehen, erschraken sie und riefen: Es ist ein Gespenst!, und schrien vor Furcht. Aber sogleich redete Jesus mit ihnen und sprach: Seid getrost, ich bin's; fürchtet euch nicht! Petrus aber antwortete ihm und sprach: Herr, bist du es, so befiehl mir, zu dir zu kommen auf dem Wasser. Und er sprach: Komm her! Und Petrus stieg aus dem Boot und ging auf dem Wasser und kam auf Jesus zu. Als er aber den starken Wind sah, erschrak er und begann zu sinken und schrie: Herr, rette mich! Jesus aber streckte sogleich die Hand aus und ergriff ihn und sprach zu ihm: Du Kleingläubiger, warum hast du gezweifelt? Und sie stiegen in das Boot, und der Wind legte sich. Die aber im Boot waren, fielen vor ihm nieder und sprachen: Du bist wahrhaftig Gottes Sohn!«

Leni dachte, dass es Zeit war, aufzubrechen. Im Erdgeschoss sah sie Hannah mitten im Saal tanzen und singen, in Begleitung des Gastes, den sie beim Ankommen so zusammengesackt am Tisch neben dem Tresen gesehen hatten. Ein Tageslichtprojektor warf den Liedtext an die hintere Wand. Leni ging zu ihr und sagte ihr, dass Émile gegangen war.

»Es ist besser so«, sagte sie und sang weiter ins Mikro.

»Also bist du nicht traurig?«, fragte Leni.

»Nein, wieso? Er und ich hatten nichts gemeinsam.«

»Ich erinnere mich aber an diesen Tag, als du gesagt hast, du würdest ihn lieben. Für ihn hast du doch die Schuld auf dich genommen und die ganzen Schläge eingesteckt.«

»Für ihn, für dich, für mich. Welche Rolle spielt das schon?«

»Und was hast du jetzt vor? Willst du zurück zu Magda?«

»Nein, ich amüsiere mich hier doch gut. Du hattest recht, Leni. Was bringt es, sich all diese Fragen zu stellen? Was soll man tun? Wo soll man leben? Wie soll man leben? Ich lebe, und gut ist es. Das hast du selbst gesagt, erinnerst du dich?«

»Ja«, antwortete Leni. »Ja, daran erinnere ich mich noch sehr gut.«

13

IN DER MARKELSTRASSE, vor der Pfandrückgabe von Getränke Hoffmann, parkte eine lange Reihe Autos. Leni wusste nicht mehr, wie viel Zeit seit ihrem Auszug vergangen war. Hier schien es, als schlösse sich die Gegenwart nahtlos an die Vergangenheit an. Vor dem Hauseingang traf sie auf zwei in Luxusmäntel eingemummte Frauen, die darauf warteten, dass man sie hineinließ. Über die Sprechanlage erkundigte sich eine Stimme nach ihren Namen. Die Tür ging auf, und Leni folgte ihnen auf dem Fuß.

Der ganze Innenhof war dekoriert; Lichterketten schlangen sich elegant um zwei große im Eingangsbereich aufgestellte Kiefern, Kellner nahmen die Gäste in Empfang und reichten ihnen Champagnerschalen, während aus den hohen Fenstern im ersten Stock Jazzmusik hallte. Eine Gästeschar hatte sich unten an der Treppe versammelt, die zu den Wohnungen führte. Leni ging hoch in den obersten Stock. Auf dem mit Teppich ausgelegten Treppenabsatz fiel ihr auf, dass die Wohnungstür offen stand und mehr Frauen und Männer hineingingen, als sie je zuvor getroffen hatte. Der Ort hatte sich nicht verändert. Die Erinnerungen an ihr altes Leben kamen ihr wieder ins Gedächtnis. Daran, wie sie abends am Kaminofen gelesen hatte, die Augen müde von den roten Wänden. An den zarten, knittrigen Samtstoff in ihren Händen, wenn sie am Vormittag die Vorhänge aufgezogen und den Tageshimmel enthüllt hatte, an das Licht der Lampen auf dem Bücherregal, an den blau-roten Aschenbecher mit dem abgebrochenen Rand, an die Holzkiste, in der Ivan seine Zigarren aufbewahrte, an die Gemälde an den Wänden, die sie zusammen in einem Antiquariat in der Bornstraße gekauft hatten.

Während sie den Blick durch die Räume schweifen ließ, tauchte Ivan Müller vor ihr auf. An seinem Arm war eine dunkelhaarige Frau, die ein langes blau-schwarzes Kleid trug. Die beiden waren in ein Gespräch vertieft, umringt von drei schallend lachenden Männern. Leni blieb mitten in dem lauten Raum stehen, ihr Herz schnürte sich bei diesem Anblick zusammen, auch wenn sie darauf vorbereitet gewesen war. Ivan hob den Kopf, und die Blicke der ehemaligen Eheleute begegneten sich. Die Stimmen verstummten. Die Geräusche verschwanden langsam. Leni wartete darauf, dass Ivan zu ihr herüberkam, aber auf seinem Gesicht spiegelte sich ein naives Erstaunen, wie bei einem Mann, der sich durch das Lächeln einer Fremden am anderen Tischende geschmeichelt fühlt. Er erkennt mich nicht, begriff Leni plötzlich. Ivan Müller prüfte mit einem flüchtigen Blick, dass die Frau an seiner Seite seine Untreue nicht mitbekam, dann ließ er weiter seinen Charme spielen, ohne zu ahnen, dass das schummerige Licht im Wohnzimmer für seinen Irrtum verantwortlich war. Kaum war es ihm bewusst geworden, wurde in einem allgemeinen Freudentaumel eine der großen Lichterketten eingeschaltet und zeigte ihm das vertraute Gesicht. Eine Sekunde später hatte Leni den Raum schon wieder verlassen. Vor dem Flur war ein Bediensteter postiert, der kontrollierte, dass die Gäste nicht in den privaten Teil der Wohnung eindrangen. Leni versteckte sich in einer Ecke des Esszimmers und wartete darauf, dass der junge Mann seinen Posten verließ, um sich in den Flur zu schleichen. Die erste Tür, die sie öffnete, führte zum Schlafzimmer. Ihr fiel auf, dass die Tagesdecke nicht mehr dieselbe war. Die Kissen waren anders angeordnet, ihr Radio und ihr Wecker auf dem Nachttisch waren verschwunden und durch einen Stapel Zeitschriften ersetzt worden. Leni trat ans Fenster und öffnete es in aller Ruhe. Der Ausblick auf die Straße war noch genau so wie früher. Als hätten die Bewohner des Viertels ihr die Möglichkeit geben wollen, weiterhin dasselbe Bild zu betrachten. Es handelte sich durchaus um den Ort, an dem sie zusammen gelebt hatten, aber kleine Einzelheiten, umgestellte Nippesfiguren, ausgetauschte Stoffe, einige neue Angewohnheiten beim Aufräumen lösten in Leni Widerwillen aus. Sie zog eine Zigarette aus der Tasche und zündete sie sich am Fenster an. In der Ferne erhellte der von dunklen Wolken unterbrochene Vollmond die Dächer. Wie gewöhnlich aß der Mann im Nachbarhaus allein am Wohnzimmertisch. Das Kind im Stock darunter saß auf dem Teppich in seinem Zimmer und spielte mit dem Hund. Leni setzte sich einen Augenblick aufs Bett. Da hörte sie plötzlich Ivans ruhige, bedächtige Stimme hinter sich:

»Guten Abend, Leni.«

Sie erstarrte und schwieg.

»Ich hätte nicht gedacht, dass ich dich eines Tages wiedersehen würde«, fuhr er fort und setzte sich direkt hinter Leni aufs Bett.

Nach einer Weile fügte er hinzu:

»Wir feiern das Ende der Baustelle in Prora. Das war nicht

einfach, es gab einige Zwischenfälle, aber jetzt haben wir es endlich geschafft.«

»Seit unserer Trennung ist so viel Zeit vergangen …«, murmelte Leni.

»Fast ein Jahr.«

Ein Jahr … Was bedeutet ein Jahr …?, überlegte Leni.

»Warum bist du nicht nach Hause gekommen, Ivan?«

Stille.

»Ich wollte nicht zurück«, sagte er schließlich. »Unser gemeinsames Leben ist mir gleichgültig geworden, so was soll's geben.«

»Warum hast du mir denn nichts gesagt?«

»Ich dachte, du merkst es von allein. Aber als dein Bruder mir erzählt hat, du würdest auf mich warten, da habe ich ihn, sagen wir mal, überzeugt, dass er mir hilft, dich auszuquartieren. Wie du gesehen hast, hat er diese undankbare Aufgabe anstandslos und zu einem guten Preis übernommen.«

Leni spürte, wie ihr der Zigarettenrauch in der Kehle brannte, und wollte einen Schluck Wasser trinken. Auf dem Nachttisch stand ein halbleeres Glas. Als sie es nahm, bemerkte sie am Rand Lippenstiftspuren.

»Wer ist diese Frau?«, fragte Leni.

»Du bist ihr noch nie begegnet.«

»Und sie lebt hier mit dir?«

»Ja genau, warum interessiert dich das?«

»Mir sind nur ein paar Veränderungen aufgefallen.«

»Als sie hier eingezogen ist, fand sie die Wohnung trostlos und nicht gut in Schuss. Ich habe zu ihr gesagt, dass sie alles so einrichten kann, wie sie möchte. Um ehrlich zu sein, ich habe schon immer gedacht, dass du in Sachen Einrichtung einen schlechten Geschmack hast, wie bei vielen anderen Dingen übrigens auch. Wahrscheinlich war das auch einer der Gründe, warum ich es nicht sonderlich eilig hatte, heimzukommen. Mit ihr ist es ganz anders.«

Leni ließ ihre Zigarette ins Glas fallen.

»Davon hast du mir nie etwas gesagt, als wir zusammen waren«, sagte sie.

»Wir beide waren doch nie wirklich zusammen, Leni. Wir haben nur unter einem Dach gelebt. Glaub mir, mehr als einmal wollte ich dich vor die Tür setzen, nur um deine Anwesenheit nicht mehr zu spüren. Aber dafür hätte ich einen Streit, Schreie und Tränen ertragen und letztlich meine Zeit opfern müssen. Und mit der Baustelle konnte ich mir keine Verzögerung erlauben. Verstehst du?«

Leni trat ans Fenster. Ivan blieb sitzen, zog eine Zigarre aus der Tasche und zündete sie an.

»Willst du wissen, was das Schlimmste für mich war?«, fragte er.

»Sag's mir.«

»Dein Geruch.«

Leni rührte sich nicht.

»Wirklich?«

»Du kannst dir gar nicht vorstellen, wie schlimm es war. Von dieser Mischung aus Parfüm und Schweiß ist mir jedes Mal, wenn du dich mir genähert hast, schlecht geworden. Hast du nie gehört, wie ich nachts aufs Klo gerannt bin?

Wobei mir eines Abends klar geworden ist, dass mir nicht dein Geruch so zugesetzt hat. Nein. Du warst es. Du hast mich krank gemacht, Leni.«

Endlich drehte Leni sich zu ihm um.

»Und geht es dir jetzt immer noch so, wenn du mich siehst?«, fragte sie.

»Es ist nur noch eine unangenehme Erinnerung. Jetzt ist alles gut. Die Frau, mit der ich zusammenlebe, löst nicht solche Reaktionen bei mir aus. Wir beide stehen uns sehr nahe. Übrigens sagt sie oft zu mir, dass ich zu anhänglich und zu besitzergreifend bin. Schau mal«, sagte Ivan und hob die Tagesdecke hoch. »Ich habe sogar auf meine eigene Bettdecke verzichtet, nur damit ihr Kopf die ganze Nacht auf meiner Schulter liegt. Gewohnheiten ändern sich schnell, wenn man mit jemandem zusammenlebt, den man liebt ... Ich erinnere mich, dass ich mich damals, wenn ich dein Bein auch nur an meinem gespürt habe, so eng unter meiner Decke eingerollt habe, dass ich kaum noch Luft bekam. Hast du mich nicht manchmal wimmern hören?«

Ivan atmete stoßweise und ahmte seine Atemnot nach.

»Jetzt, wo du es sagst, habe ich sicher etwas gehört«, antwortete Leni lächelnd.

»Lass es gut sein.«

Ivan stand auf und ging ein paar Schritte ums Bett herum.

»Eine Sache war da noch«, sagte er, als würde er über einen wichtigen Einfall nachdenken.

»Ich bin ganz Ohr«, murmelte Leni.

»Ich glaube, ich habe noch nie eine Frau mit so wenig Willenskraft getroffen wie dich. Nichts auf der Welt scheint dich je zu motivieren. Ich muss gestehen, dass ich das am Anfang reizvoll fand, oder besser gesagt, praktisch. Es ist ja allgemein bekannt, dass eine Frau, die zu Hause bleibt, generell weniger Probleme macht. Sie ist aufmerksam den Bedürfnissen ihres Ehemannes gegenüber, kümmert sich um den Haushalt ... all

diese Dinge eben. Allerdings habe ich nach einer Weile gemerkt, dass du auch auf diesem Gebiet kein bisschen talentiert
warst. Dein Essen war widerlich, die Hausarbeiten ungenau,
ganz zu schweigen von dem Desaster mit meinen Hemden,
von denen du dachtest, dass du sie glänzend in Ordnung hältst.
Du hast dich ja sogar noch damit gebrüstet! Das war wirklich
der Gipfel … Und was deine angebliche Leidenschaft für die
Gartenarbeit angeht, da sind die Blumen in den Nachkriegs-
trümmern sicher besser gewachsen als in deinem matschigen
Beet. Außerdem wurde mir allmählich klar, dass sich deine
Fähigkeiten nicht allzu sehr von denen unterschieden, die man
im Allgemeinen mit einem Haustier verbindet.«

»Ach ja, und an welches Tier hast du da gedacht?«

»Eine Katze zum Beispiel. Aber ich schweife ab … Darauf
wollte ich nicht hinaus. Worauf wollte ich noch gleich hinaus?«

»Mein fehlender Ehrgeiz.«

»Ach ja, genau, dein fehlender Ehrgeiz. Ich habe mir schon
immer gedacht, dass du ein Problem mit der Realität und der
Zeit hast. Merkwürdig, gerade gestern habe ich noch mit Birgit,
einer Kollegin aus dem Büro, darüber gesprochen. Vielleicht
erinnerst du dich, du hast sie einmal getroffen.«

»Ich glaube nicht, dass ich deinen beruflichen Kontakten je
begegnet bin, Ivan.«

»Egal, das spielt keine Rolle. Jedenfalls habe ich neulich erfahren, dass Birgit aus einer Familie angesehener Psychiater
stammt, also habe ich mir erlaubt, ihr ein paar Anekdoten von
dir anzuvertrauen, hauptsächlich Privates. Ich habe ihr von
deiner täglichen Zerstreutheit erzählt, von deiner Manie, im
Viertel herumzuirren ohne irgendein bestimmtes Ziel, von
deinem leeren Blick, wenn wir miteinander geschlafen haben,

so ähnlich wie der Gesichtsausdruck der Nutten, mit denen ich, ich gebe es zu, gelegentlich Zeit verbracht habe.«

»Und was hat Birgit gesagt?«

»Sie hat gesagt, dass du wahrscheinlich verrückt bist.«

»Denkst du das auch?«

»Durchaus. Als dein Bruder mir erzählt hat, dass du weg bist, war ich so erleichtert! Es war ein regelrechter Befreiungsschlag, ein Kreuz weniger zu tragen. Natürlich habe ich die ganze verlorene Zeit bedauert, diese irrsinnige vergeudete Energie, die endlosen Nächte, in denen ich nach einer Lösung gesucht habe, um dich loszuwerden. Das alles wurde jedoch nebensächlich, als ich begriffen habe, dass uns das Schlimmste erspart geblieben ist.«

»Das Schlimmste?«

»Ein gemeinsames Kind. Mein Gott, du wärst eine grauenvolle Mutter gewesen ...«

Leni spürte, wie ihr ein heftiger Schmerz in den Bauch fuhr, und sie verzog das Gesicht.

»Was hast du denn? Du wirst doch jetzt nicht etwa losheulen?«, fragte Ivan und starrte sie an.

»Deine Worte verletzen mich, das kann ich nicht abstreiten. Aber jetzt verstehe ich besser, was passiert ist.«

Ivan schien erleichtert. Rasch aber wunderte er sich, dass Leni so ungewöhnlich ruhig blieb. Sie trat näher und verkündete:

»Trotz dieser ganzen Gewalt empfinde ich immer noch Liebe für dich.«

Da verkrampfte sich Ivans Gesicht plötzlich.

»Liebe!«, stieß er hervor. »Liebe!«

»Ja, genau, Liebe.«

»Aber … aber wie kannst du nur?«, brüllte er und baute sich vor ihr auf. »Nach allem, was ich gerade zu dir gesagt habe, nach diesem Kampf, den ich so viele Jahre gegen dich geführt habe, behauptest du ernsthaft, keinen Hass zu empfinden?«

»Gar keinen.«

»Dann wenigstens Wut!«

»Nein.«

»Also Ärger!«

»Auch nicht.«

»Du lügst! Du lügst doch!«

So etwas ist undenkbar, dachte Ivan plötzlich. Seine Geständnisse gerade hatten nicht ausgereicht, um ihre Liebe ins Wanken zu bringen. Leni würde sich nicht zur Wehr setzen. Da dachte er, dass sie beide nie dieselbe Sprache gesprochen hatten, und die Reuegefühle ballten sich in seinem Kopf. Tagaus, tagein sah Ivan Lenis Unglück mit an, wie ein Glas Milch, das man in der Sonne sauer werden lässt. Vom Flur aus hörte er das Schlottern ihres schweißnassen, vor Erschöpfung gekrümmten Körpers. Eines Abends war er sehr spät ins Schlafzimmer gekommen. Leni schlief tief und fest, und ausnahmsweise ging ihr Atem regelmäßig und ohne Röcheln. Wie sie so auf dem Bett lag, die Hände über dem Bauch gefaltet, ließ das weiße, durchs Fenster einfallende Licht ihre Haut so blass erscheinen, dass er sie ohne das Auf und Ab ihrer Brust für tot gehalten hätte. Ivan näherte sich langsam, da entdeckte er in ihren Händen einen versteckten kleinen, schwarzen Gegenstand, den er vorsichtig herauszog, ohne sie aufzuwecken. Leni hatte einen Holzrahmen an ihr Herz gepresst, in dem eine Abbildung der vier Bildtafeln von Boschs Visionen aus dem Jenseits steckte. Diese Entdeckung entsetzte Ivan so, dass er in den kommenden Nächten keinen Schlaf fand, selbst überrascht von seinem unruhigen Gewissen. Für ihn bestand kein Zweifel daran, dass seine arme Frau ihre letzte Stunde ahnte und in diesen sakralen Bildern Zuspruch suchte. Lenis Unschuld und Vergötterung begannen Ivan zu quälen. Trotz der Betriebsamkeit im Haus fühlte er sich von einer seltsamen Stille eingehüllt, als würden die dröhnenden und vibrierenden Stimmen um ihn herum wirkungslos verpuffen. Fast so, als hätte der Schall unterwegs den Mut verloren.

Plötzlich platzte eine Gruppe von zehn Gästen ins Schlafzimmer. Die Arme voller Weinflaschen, die Haare mit Konfetti bedeckt, manche lachten schallend, andere sangen, prusteten los, bliesen in Party-Tröten und machten dabei einen ohrenbetäubenden Lärm. Eingekreist von dieser Runde, ließ Ivan Leni nicht aus den Augen und sah, wie sie ruhig vom Bett aufstand und zur Tür hinausging.

»Geh nicht!«, rief er mit verzweifelter Stimme. »Bitte, bleib noch ein bisschen!«

Eine Frau klammerte sich so fest an seinen Hals, dass er nach hinten fiel. Das Zimmer wurde schnell von der Gästemenge überschwemmt, die sich im Flur drängte und sich darum stritt, in die Zimmer zu kommen. Bald schon hörte man Schmerzensschreie, unheilvolles Gebrüll, zerreißenden Stoff, das heftige Krachen der an die Wände knallenden Schädel, den ekelerregenden Geruch nach Erbrochenem. Die Party mündete in eine Endzeitstimmung. Ivan Müllers Gesicht verschwand unter dem Berg von Körpern, und niemand hörte die letzten Worte, die er an Leni richtete.

14

ES WAR SCHON spät. Ein eisiger Wind fegte über das blau schimmernde Pflaster der Markelstraße. Feiner, grauer Nebel hing wie eine Wolke ein paar Zentimeter über dem Boden, so als hätte ein Maler zum Spaß die nächtlichen Farben verwischt, um daraus ein Bühnenbild zu machen. Grüppchenweise verließen die Gäste das Haus. Hinter ihnen war die Musik verstummt. Es herrschte eine neue Stille, durchbrochen nur von fernen Stimmen. Zwei übermütige Frauen schubsten sich immer wieder gegenseitig. Überwältigt von ihrem Rausch, verloren sie schließlich das Gleichgewicht und blieben wie zwei Gespenster neben der Hausmeisterwohnung liegen, um zu warten, bis es Tag wurde, und zu verschwinden.

Leni durchquerte den Vorgarten, der den Hauseingang einrahmte. Im Halbdunkel erkannte sie Zieglers hochgewachsene Gestalt. Er saß auf den Stufen vor der Apotheke, das Gesicht in dichten Rauch gehüllt, eine angezündete Zigarette zwischen den Lippen. Sie blieb einen Moment vor ihm stehen, dann beschloss sie, ihren Weg fortzusetzen. Hinter sich hörte sie seine Schritte näherkommen. Als er auf ihrer Höhe war, gingen sie schweigend gemeinsam den Gehweg entlang. Die Türschwelle des Modellbahnladens wurde von einer in der Glasvitrine aufgestellten Lampe beleuchtet. Man sah dort Modelle von Eisenbahnschienen, ringsherum graue Häuschen und Lagerhallen aus Backstein. In der Mitte fuhr ein Güterzug mit rotschwarzen Waggons in einen Alpentunnel. Leni blieb stehen, dicht gefolgt von Ziegler, dessen Blick sie auf sich spürte.

»Und sind Sie glücklich, wieder hier zu sein?«, fragte er.

Leni drehte den Kopf zu ihm um.

»Seit meinem Auszug hat sich vieles verändert, daran besteht kein Zweifel. Aber ich liebe dieses Viertel immer noch genauso, besonders nachts.«

Sie trat vom Schaufenster zurück und fuhr fort:

»Was machen Sie überhaupt hier? Ich dachte, Sie sind im Urlaub.«

»Habe ich das wirklich gesagt?«

»Ja, Sie haben mir sogar vom Skifahren erzählt und von einer anderen Frau.«

Ziegler senkte ein wenig beschämt den Kopf.

»Da habe ich wahrscheinlich ein bisschen zu dick aufgetragen. In Wahrheit habe ich die Stadt nie verlassen. Ich habe darauf gewartet, Sie wiederzusehen, Leni.«

»Das wäre ja jetzt geschafft«, sagte sie schelmisch.

Sie kamen auf Höhe der Schloßstraße heraus, gegenüber von Peek & Cloppenburg, dessen große Schaufenster sich bis zur Feuerbachstraße erstreckten. Eine junge Frau unterhielt sich mit einem Taxifahrer, der auf der rechten Fahrbahn geparkt hatte, ganz in der Nähe von Karstadt. Die Uhr über ihnen zeigte halb fünf. Es war immer noch dunkel. In der Ferne erkannte Leni die große Brücke, die die beiden über der Straße hängenden Fahrspuren der Ringautobahn stützte. Die Dächer überragend, tauchte der Bierpinsel wie ein Eisberg über der Straße auf. In zwei Stunden würde die Stadt ganz verändert sein und sich in eine große Parade verwandeln. Die Busse würden den Betrieb wiederaufnehmen, die breiten Gehwege nur so wimmeln von Hunderten anonymen Gestalten, die einander begegneten, streiften, zusammenstießen … Leni und Ziegler kamen am verlassenen Bahnhof vorbei, dann gingen sie weiter zur Brücke, unter der die haltenden Züge auf den Schienen standen.

»Ich möchte Sie noch um Verzeihung bitten, dass ich nicht zu unserer Verabredung gekommen bin«, sagte Leni und legte eine Hand auf das Geländer.

»Ich nehme Ihnen das nicht mehr übel«, antwortete Ziegler. »Ich habe schon geahnt, dass Sie nicht kommen würden, trotzdem habe ich gewartet, in der Hoffnung, mich zu täuschen. So wie ich es immer getan habe.«

Ein seltsames Gefühl schnürte Leni das Herz zusammen, als hätte ihr jemand ein Geheimnis ins Ohr geflüstert.

»Ich erinnere mich noch, es muss im Juli gewesen sein«, fuhr Ziegler fort. »Ich saß auf dem Gehweg und spielte mit Murmeln, als ich von weitem einen kleinen, ganz in Schwarz gekleideten Trauerzug sah, der zum Kirchplatz ging. Ich hörte auf zu spielen, um mich der Gruppe zu nähern, und erkannte unter ihnen ohne jeden Zweifel das Mädchen aus meiner Schule, in das ich verliebt war. Sie war in Begleitung ihres Bruders und ihrer Mutter, die sie an der Hand hielt. Auf den unteren Kirchenstufen weinte eine alte Dame mit einem schwarzen Spitzenschleier im Arm eines Priesters, den ihr Kummer kaum zu rühren schien. Kurz darauf zogen alle ein, und ich folgte ihnen, da ich es kaum erwarten konnte, endlich mit dem Mädchen zu sprechen, das mir so gefiel. Die Feier begann mit einer kurzen Ansprache des Priesters. Er blickte düster drein, war steif wie ein Zuckerrohr, zog ein schiefes Gesicht und hatte die Augen aufs Rednerpult geheftet. Er erinnerte mich an diesen Jungen in meiner Klasse, den man immer nach vorn an die Tafel kommen ließ, um Gleichungen zu berechnen, auf deren Lösung er nicht kam. Ich versteckte mich hinter den Säulen und ging unauffällig durch das Seitenschiff an den Reihen vorbei, bis ich endlich am Ende der ersten Bank meine Schulkameradin von hinten entdeckte. Während ihre Mutter und ihr Bruder sich schluchzend im Arm hielten, wirkte sie zerstreut. Ihr Blick wanderte von oben nach unten, blieb manchmal an den Kirchenfenstern hängen, bis er sich auf den Chorraum richtete. Als ich auf ihrer Höhe war, machte ich, hinter dem Beichtstuhl versteckt, auf mich aufmerksam, indem ich ihren Namen flüsterte. Sie drehte sich vergnügt zu mir um, was mich erleichterte und gleichzeitig mein Herz wie wild klopfen ließ. Mit einem Handzeichen winkte ich sie herüber und wies sie an, sich zu ducken, damit ihre Mutter nichts mitbekam. Sie warf einen kurzen Blick nach links, kauerte sich unter die Bank und schlich dann auf Knien zu mir. ›Wollen wir rausgehen?‹, fragte ich sie in einem scheinbar gleichgültigen Tonfall. Zu meinem großen Glück willigte sie ein, und wir schlichen auf Zehenspitzen zur Vorhalle. Draußen knallte die Sonne bleischwer auf unsere Schultern und verscheuchte die Kühle der Kirchenmauern. Ich schlug vor, zum Springbrunnen in den nahe gelegenen Stadtpark zu gehen. Die Vorstellung schien dem Mädchen zu gefallen, und nachdem wir ein paar Minuten nebeneinander hergegangen waren und kaum ein Wort gewechselt hatten, rannten wir unter die großen Wasserfontänen des Hauptbeckens. Ich sehe dich noch vor mir, Leni … So glücklich.«

Während sie Ziegler zuhörte, spürte Leni, wie in ihrem Kopf die Erinnerungen an ihre Kindheit lebendig wurden. Sie wollte sie nicht erzwingen, aus Angst, sie könnten ihr für immer entgleiten. Sie ließ Ziegler mit seiner Erzählung fortfahren:

»Nach dem Baden fand ich wie durch ein Wunder ein paar Münzen in meiner Hosentasche und besorgte uns zwei Zuckerwatten. Im Gras unter einer großen Eiche saßen singende, laut lachende Kinder vor der Wanderbühne eines Marionettentheaters. Du wolltest dort Halt machen. Wir saßen nebeneinander und blieben bis zum Ende der Vorstellung, dann setzten wir unseren Spaziergang fort. Es war ein wunderschöner Tag. Ich rieche noch den duftenden Flieder.«

Er hielt inne, bevor er schwermütig sagte:

»Es ist mir nie gelungen, die Harmonie dieser verlorenen Zeit wiederzufinden, als wären meine Sinne nicht mehr dieselben. Nur in meinen Träumen kann ich noch in diesen Park mit dir zurückkehren.«

»Erzähl weiter«, sagte Leni und lächelte ihn an. »Was haben wir dann gemacht?«

»Ich erinnere mich, dass du mir danach dein Lieblingsversteck zeigen wolltest. Eine große Weide, verborgen hinter den Schiffschaukeln. Ich zog meine Jacke aus und legte sie auf den Boden. Doch plötzlich musste ich wieder an die Trauerfeier denken, die gerade in der Kirche stattfand, und an all die weinenden Menschen, an diese alte Frau mit den X-Beinen, die sich nicht mehr aufrecht halten konnte, an den lächerlichen, hinter seinem Pult predigenden Priester. Während du ehrlich wie ein Kind auf jede meiner Fragen geantwortet hast, spürte ich, wie die Ruhe dieses Sommernachmittags vor meinen Augen erlosch. Deine Erzählung hat mich fürchterlich erschreckt. Machtlos hörte ich die entsetzlichen Wörter aus deinem Mund. Diese Schüsse! Die Sonne ging unter, der Himmel überzog sich mit schweren Wolken. Ein Regenschauer überraschte uns. Der Donner grollte immer lauter, und überstürzt verließen wir den Park, jeder in seine Richtung, ohne uns zu verabschieden. Als ich mich umdrehte, warst du nicht mehr da.«

Ziegler schwieg und kniff die Augen zusammen, um nicht zu weinen.

»Am Montag darauf, während der Pause, habe ich im überdachten Innenhof der Schule auf dich gewartet. Ich beobachtete von weitem, wie die Lehrerin die Schüler aus deiner Klasse herausschickte, aber du warst nicht dabei. Irgendwann später habe ich dann erfahren, dass ihr umgezogen seid.«

Er zündete sich eine Zigarette an und nahm einen Zug.

»Dann bist du also deshalb zu mir gekommen?«, fragte Leni mit abwesender Stimme.

»Ja, aber du hast mich nicht erkannt. Da habe ich gedacht, dass es besser wäre, zu verschwinden, nur …«

Er hielt inne.

»Glaub mir, ich wäre nicht so hartnäckig gewesen, wenn du mit deinem Mann nicht so unglücklich gewirkt hättest. Als wir in der Küche standen, haben mich Zweifel gepackt. Dein Haar hatte nicht mehr dieselbe Farbe, deine Haut war blass geworden, und dein Körper hatte sich verändert. Wo war das Mädchen aus meiner Erinnerung hin? Und dann hast du den Blick gehoben, und in diesem Moment wusste ich, dass du es bist.«

Jetzt erinnerte sich Leni an die schauerlichen Donnerschläge, an ihre Füße, die im Wasser der schmutzigen Abflussrinnen versanken, an ihr triefnasses Kleid, das ihr an den Oberschenkeln klebte. Als sie vor der Kirche angekommen war, hatte sie vor verschlossenen Türen gestanden. Es war niemand mehr auf dem Platz. Ratlos setzte sie sich einen Moment auf die Außentreppe, als der Priester mit einem Regenschirm in der Hand aus einer kleinen Tür rechts neben der Treppe kam.

»Na so was«, sagte er zu Leni, »warum bist du denn nicht mit den anderen nach Hause gegangen?«

Mit einem gewissen Misstrauen betrachtete sie ihn von oben herab.

»Ich bin vor dem Ende rausgegangen«, sagte sie herausfordernd.

»Und wohin?«

»In den Park, um die Marionetten und die Enten zu sehen.«

Der Priester starrte sie einen Moment streng an.

»Schämst du dich denn nicht, deine arme Mutter in so einem Moment alleinzulassen!«, rief er mit erhobenem Zeigefinger. »Geh jetzt nach Hause und bete zum Herrgott, er möge dir vergeben, dass du so wenig Mitgefühl an den Tag gelegt hast.«

»Das ist mir egal, ob Er mir vergibt!«, rief Leni und rannte davon.

Der Regen hatte aufgehört. Ein Sonnenstrahl wärmte den Asphalt, von dem ein fischiger Geruch ausging. Leni trödelte auf dem Heimweg, aus Furcht vor der Strafe, die sie zu Hause erwarten würde. Am Ende der Straße sah sie Rosa. Eine unbeschreibliche Scham, ein Knoten zog ihr den Bauch zusammen, sie hatte ihre Pflicht vernachlässigt. Die Beerdigung ihres eigenen Vaters versäumt.

Ein paar Tage später warteten Rosa und ihre beiden Kinder auf die Einfahrt des Zugs. Neben ihnen türmten sich drei große Koffer auf einem Gepäckwagen. »Wann kommen wir wieder nach Hause?«, fragte Émile seine Mutter. Rosa legte ihrem Sohn die Hand auf den Kopf, und gerade als sie antworten wollte, fuhr der Zug in den Bahnhof ein. Die drei stiegen in einen Waggon.

Die Sonne ging über der Brücke auf. Unter dem hellen, von zartrosa Strahlen durchzogenen Himmel erschien der Fernsehturm am Alexanderplatz wie eine Zeichnung mitten in der erwachenden Stadt. Leni verabschiedete sich von Ziegler und überquerte die Fußgängerbrücke, als handelte es sich um den Steg eines Schiffs, das gleich in See stechen würde. Die ersten U-Bahnen quietschten auf den Schienen. Ziegler sah Leni nach. Er hatte gerade das Mädchen aus dem Park wiedergetroffen, das er an jenem Sommernachmittag verloren hatte, und spürte ein ungetrübtes Glück. Er rannte ihr hinterher. Als er sie beim Namen rief, drehte Leni sich um.

»Leni«, sagte Ziegler und schnappte nach Luft, »ich weiß, diese Erinnerungen sind schon alt, unscharf, wenn nicht sogar naiv! Vielleicht hast du sie auch längst vergessen! Aber ich bitte dich, bleib. Bleib, und ich kümmere mich um dich. Ich habe gerade ein kleines Haus hier ganz in der Nähe gekauft, immer noch in Steglitz, wir könnten dort zusammen hinziehen. Du wirst alles so einrichten können, wie es dir gefällt, der Garten ist groß, und man hat eine freie Aussicht, du kannst dort deine Gewohnheiten wiederaufnehmen und den geregelten Alltag, den du so sehr schätzt. Ich werde an deiner Seite sein und dafür Sorge tragen, das verspreche ich dir. Wenn du wüsstest, Leni, wie lange ich schon darauf gewartet habe, dir das alles sagen zu können. Ich habe schon die Hoffnung aufgegeben, den richtigen Augenblick zu erwischen. Du warst so traurig, so zerbrechlich, und dein Mann …«

»Adrien …«, murmelte Leni.

»Dann erinnerst du dich also … an meinen Namen!«, rief er außer sich vor Freude. »Das ist ein gutes Zeichen!«

Zieglers Herz war wie elektrisiert bei der Vorstellung dieser strahlenden Zukunft, außerstande, sich auch nur eine Sekunde vorzustellen, dass seine Hoffnung zerplatzen würde. Wie könnte sich auch jetzt alles ins Gegenteil verkehren, wo es ihm doch gerade schien, als wäre er dem Glück noch nie so nah gewesen? Leni überlegte. Es stimmt, dachte sie, dieser beruhigende, aufrichtige und äußerst verlockende Vorschlag gibt mir zu denken. Aber warum sollte ich, nachdem ich schon so lange an diesem scheinbar perfekten Modell festgehalten habe, Gefahr laufen, die gleiche Katastrophe zu wiederholen? Für Adrien? Ich traue mich nicht, ihm zu sagen, dass meine Gefühle für ihn nicht so stark sind wie seine. Muss er es wirklich wissen …? Ich habe den Gnadenstand noch nicht erreicht, sagte sich Leni. Ich bin voller Unsicherheiten, und ich spüre, dass mein Unbehagen wächst. Es braucht Mut, Nein zu sagen, wenn uns der Verstand anfleht, das Gegenteil zu antworten. Ich sehe mich auf einem Sessel sitzen, mit Blick auf den Garten und einem Wollknäuel zu meinen Füßen. Die Luft ist angenehm und duftet. Die Sonne ist noch nicht untergegangen. Es besteht kein Zweifel, ich bin glücklich. Adrien ist noch nicht von der Arbeit nach Hause gekommen. Er hat mir Bescheid gegeben, dass er sich etwas verspäten würde, denn er hat versprochen, dem Vater eines Freunds einen Besuch abzustatten und ihm zu helfen, die Risse in seiner Hauswand auszubessern. Heute Morgen, erinnere ich mich, habe ich im Boulevard frisches Gemüse für eine Suppe gekauft, dann bin ich eine Weile auf der Schloßstraße bis zum Walther-Schreiber-Platz spazieren gegangen, um mir die Beine zu vertreten. Auf den Gehwegen wimmelte es nur so vor Menschen. Ein Mann hat mich angerempelt, bevor er in der Menge verschwunden ist, und mit einem seltsamen Gefühl im Bauch bin ich heimgegangen. Adrien stellt mir nie Fragen zu meinem Tagesablauf, das weiß ich an ihm zu schätzen. Wir unterhalten uns selten, aber darüber beschwere ich mich nicht. Er selbst wiederholt oft, dass Schweigen immer besser sei als eine sinnlose Unterhaltung, und dass er schon viele Paare erlebt habe, die sich zu schnell in übertriebenen Worten verfangen hätten. Ich weiß sehr wohl, was andere womöglich über meine Alltagssituation denken, ich kann die Verständnislosigkeit in ihren Blicken sehen, wenn sie sich mit mir befassen. Sie wollen wissen, was es mit meinem Zustand auf sich hat, und erwarten eine Antwort, die ich ihnen nicht liefern kann, sie geben mir Ratschläge, urteilen über meine Taten und mein Schweigen. Ich breche nicht den Stab über sie, sie sehen eben nur das, was sie sehen wollen. Ich gehe ins Wohnzimmer, um ein bisschen aufzuräumen, denn Adrien hat wieder seine Zeitungsstapel auf dem Couchtisch liegen lassen. Gestern Abend, nachdem er einen Artikel über die Stadtpolitik gelesen hatte, der ihn sehr verstimmt hatte, schlug er vor, dass wir sie benutzen könnten, um Feuer zu machen. Ich frage mich, ob er das tatsächlich ernst gemeint hat, es ist sicher ratsamer, ihn zu fragen, wenn er nach Hause kommt. Da höre ich wieder die Schreie. Schon seit einigen Tagen und Nächten höre ich dieses Wehklagen durch das Viertel schallen, ohne dass es jemanden zu kümmern scheint. Als ich beim letzten Mal das Fenster geöffnet habe, sah ich diese Frau, die allein die Straße entlangging. Sie redete in den Wind und schüttelte sich die Hand, als hätte sie gerade ihre eigene Bekanntschaft gemacht.

Manchmal beobachte ich sie minutenlang vom Wohnzimmerbalkon aus. Ich sehe sie an der Markelstraße vorbeigehen bis zum Ende der Schloßstraße. Ihre Schreie werden erst ferner, dann wieder lauter, wenn sie an der Ecke Hackerstraße auftaucht. Manche Fußgänger ignorieren sie, andere gehen ihr aus dem Weg, aus Angst, sie könnte sie belästigen. Plötzlich habe ich dieses seltsame Gefühl, eine Art undeutliche Erinnerung, die einfach nicht klarer werden will. Ich kann ihr Gesicht nicht sehen, nur ihren Kopf von oben. Doch ihr Schatten, der vom Gehweg zurückgeworfen wird, und das fahle Abendlicht kommen mir vertraut vor. Auf ihrem Mantel liegt eine feine weiße Pulverschicht, die aussieht wie Schnee. Die Frau schreit weiter, und durch ihre Stimme hindurch höre ich das seltsame Knirschen ihrer Schritte auf dem unsichtbaren Pulver.

Der Schlüssel dreht sich im Schloss, Adrien ist nach Hause gekommen.

»Was für ein Radau da draußen!«, wettert Adrien, während er den Mantel im Eingangsbereich aufhängt. »Wir ertragen ihre Schreie jetzt schon seit über einer Woche. Ich verstehe nicht, warum immer noch niemand etwas dagegen unternommen hat.«

»Was genau stellst du dir denn vor?«, frage ich ihn neugierig.

»Ich weiß nicht, vielleicht eine Unterschriftenaktion ... Sie brüllt ja so laut, dass man sein eigenes Wort nicht versteht. Weißt du eigentlich, was sie da sagt?«

»Sie sagt: Lebe wohl, Steglitz.«

»Lebe wohl, Steglitz?«

»Ja.«

»Was soll das denn bedeuten ...?«

»Keine Ahnung.«

Die Schreie wurden unerträglich. Sie schwollen an und ebbten ab wie eine Sinfonie. Ich stand auf, um den doppelten Fensterflügel zu schließen. Ihre Stimme wurde schwächer, bis sie schließlich ganz verstummte.